る座敷系男子

玄上八絹

幻冬舎ルチル文庫

C O N T E N T S ✦目次✦

恋する座敷系男子

✦カバーデザイン＝久保宏夏（omochi design）
✦ブックデザイン＝まるか工房

イラスト・旭炬✦

恋する座敷系男子

親族運に恵まれない一生だ。

市営バスのタラップを降りながら、山南忍《やまなみしのぶ》は自分の半生を振り返る。

半生といったってまだ二十二年だが、親族運なんて一度途絶えたらそう簡単に復活するものでもない。

背中でバスが発車すると風が起こって、忍のネクタイを揺らした。スーツは一張羅《いっちょうら》のリクルートだ。これもここ最近だけで急に着慣れてしまった。

住宅街のバス停だった。時刻表の板がついたシンプルな看板のみのバス停だ。

忍は手に握っていた紙片を開いた。角を破り取った紙には、ボールペンで住所と番地が記されている。

先々週、母が亡くなった。二年ほどの闘病《とうびょう》で、丁度二週間前、忍が喪主《もしゅ》でささやかな葬《そう》式《しき》を行った。入院する前に働いていた職場から、元同僚の女性が三人参りに来てくれただけの淋《さび》しい葬儀だった。母は父と駆け落ちだったから親戚《しんせき》はいない。父は忍が中学生のときに失踪《しっそう》したまま連絡がつかない状態だ。

葬式が済んだあと、役所の手続きなどは忍がした。母には遺産《いさん》もなく、振り込まれた保険金で残りの医療費《いりょうひ》を払い、一番小さな家族葬を催《もよお》したところで、通帳の残高は一万と数千円だ。慎《つつ》ましくさっぱりとした、いかにも母らしい終わり方だ。

役所の手続きをするに当たって面倒なのは父のほうだった。離婚でも死別でもないから戸《こ》籍《せき》上はまだ忍の父だ。失踪届から七年が経過しているから、このさいだと思って戸籍上の世帯を分けた。

忍には、今さら父の帰りを待つ気持ちはない。

父の思い出といったって怒鳴《どな》り声と怯《おび》えた記憶ばかりだ。父の借金のせいで母が住んでいた家もなくなった。母が遺《のこ》した遺品《いひん》を片づけるように父と事実上の縁を切る手続きをした。母がいなくなったからもう父を待つ意味もない。

これですっかり天涯孤独《てんがいこどく》だ。母一人いなくなっただけで、心の中からごっそり何もかもなくなったようだった。この空の下に一人だ。自分が死んだら、忍がどこから来てどんなふうに育ったか知っていてくれる人はいないと思うと、何か大きな流れからはぐれてしまったような心細さを覚える。小さい頃は同級生が言う《いとこ》とか《おじさん》という言葉を羨《うらや》ましく思ったものだが、これで父と母さえいなくなった。

感傷が心に沁《し》みた。寂しさはこんな痛み方をするのだなと忍はこれまで感じてきた寂しさの上限値を味わっている。

冷たい風に吹かれて忍は身体《からだ》を丸めて軽く咳《せき》をした。暦《こよみ》の上では四月だが、春と言うにはまだまだ寒い。忍の春も遠そうだ。だがひとつだけ、ほの温かい出来事もあった。

あれこれと役所で手続きをしていたとき、父に親族がいることがわかった。父の本籍を初めて見た。そこで父の叔母《おば》――祖父の妹が生きているのが判明した。

今さら急に親戚だと連絡を取られても相手も戸惑うだろうが、父が失踪したこと、その妻だった母が亡くなったことくらいは知らせるべきだろうと忍は思った。

――あなたの兄の息子《むすこ》は駆け落ちをした先で、忍という男の子を一人もうけ、今度は一人で失踪しました。彼の妻は最近他界し、とりあえずその子どもは生きています。

市役所の駐車場《ちゅうしゃじょう》から、だいたいこんな内容の電話をした。するとその家の若い主《あるじ》らしき人が出て、忍に一度顔を見せに来いと言う。

今どこに住んでいるのかと聞かれたから、住所はないと忍は答えた。父はギャンブルに塡《は》まっていて、限界まで借金を作っていなくなった。母が最後に入院する前後に家賃を払えなくなり、母が住んでいたアパートは二ヶ月前に引き払っている。忍自身は奨学金《しょうがくきん》で進んだ大学で、学校指定の古いアパートで過ごしていた。それも先月末に卒業して今週末までには退去しなければならない。

就職は決まっていない。忍には喘息《ぜんそく》の持病がある。丁度就活の頃、大きな発作を起こしたが病院へも行けず、ずるずる寝付いたまま過ごしているうちに、すっかり波に乗り遅れてしまった。焦《あせ》って何度か無理やり面接を受けに行ったが、ぜいぜいと咳《せ》き込む不健康そうな人材が採用されるわけはない。

周りの就職が一巡《いちじゅん》した頃、残った席を狙《ねら》って試験を受けに行ったが、《なぜ今頃就職活動をしているのか》と問われ、喘息で長く寝込んでいたと答えて不合格、たまたま都合が悪くて就職試験を受け損ねていたと答えたが、やはりそれも不合格だった。

働くこと自体は好きで、アルバイトは少しも苦痛ではない。このあとは当面、就職先を探しながらアルバイトをするしかなかった。

それにしたってとりあえずでも住むところが欲しい。

立ち並ぶ住宅街を見渡しながら忍は思った。

特に高級住宅地というほどではない普通の住宅地だが、この一軒一軒《いっけんいっけん》は誰かが金を払って買った家だ。普通の雨樋《あまどい》や庭木、塀《へい》や古いアコーディオン型の門扉《もんぴ》。今の忍にはとても眩《まぶ》しく高価なもののように見える。

正直生活には行き詰まっている。アルバイトを探そうにも、住所不定では雇《やと》ってくれるところがない。アパートを借りようにも、仕事がなければ保証人もいない新卒に部屋を貸してくれる不動産屋もない。負のスパイラルだ。互いに否定し合って、上《のぼ》ることが許されない。

どこに出口はあるのだろう。忍は堪《こら》えていたため息を零《こぼ》した。それとも自分のような、生まれつき不運な人間は、努力することすら許されないのだろうか。

劣等感《れっとうかん》めいたものを感じながら、忍は《三丁目》と書かれた電信柱を曲がって路地に入る。

曇《くも》り空が眩しい昼下がりだ。この時間は誰の姿もなく、住宅街はがらんとしている。

住所からすると、たぶんこのあたりなのだが。

あたりを見回すと、ポールが黄緑色のカーブミラーがあった。目標にしろと言われたものだ。だとすると、この四つ角のどれかの家がそうなのだろう。

カーブミラーの並びと聞いた。忍は表札を探してきょろきょろしながら壁《かべ》を辿《たど》って歩く。ブロック塀が途切れたところに、藤棚《ふじだな》が差し出た家の門がある。表札を見ると《山南》とあった。ここだ。

何となく感慨《かんがい》深く思いながら忍は門柱をくぐる。学生時代から自分の他に、山南という名字の人に会ったことがなかった。

本当に親戚っているんだ、と少し驚きながら、忍は白い四ドアの車が停まっている前庭を通って玄関に向かう。

日本風の立派な玄関だった。網戸の中に傘《かさ》立《た》てが見えている。その奥には一枚板の上がり口があり革靴《かわぐつ》とスリッパが並んでいた。

チャイムを鳴らすと、奥から人が出てくる。

エプロン姿の女性だ。母親と同じくらいの年齢のようだった。

「どなたですか」

彼女は網戸越しに警戒した声で忍に尋ねた。

「お電話をした山南です」

忍が答えると、彼女は忍にわかるくらい、はっきり眉《まゆ》を顰《ひそ》めたが、それでも玄関を降りてきて網戸を開けてくれた。

「……どうぞ。主人を呼んできますから」

そう言って彼女は家の奥に入ってゆく。

けっこうつっけんどんな態度だ。忍は戸惑いながら玄関の中に入った。親戚だからといってとんでもなく優しくされるとは思っていなかったが、他人にしてもいかにも迷惑そうな様子だ。

忍が玄関先で靴を揃《そろ》えて脱いでいると、さっきの女性が男性を連れて奥から出てくる。玄関先に立っていた忍に「どうぞ」と声をかけ、客間らしい部屋を開けた。

案内された客間は洋間だ。壁に額入りの風景画があり、何かのトロフィーらしきものが棚いっぱいに飾られている。ガラス戸つきの棚の中には、お城のような時計があって、ドームの中で金色の人形がくるくる回っていた。

藤《とう》のカーペットを踏んで、ソファセットに向かった。

視線で促され、忍は親戚夫婦と向き合って座る。忍は頭を下げた。

「はじめまして、山南忍と申します」

目の前の二人が忍の何に当たるのか、忍にははっきりわかっていない。知っているのはこの家に祖父の妹が住んでいるということだけだ。

四十代後半くらいに見える主人のほうが忍に言った。

「はじめまして。靖《やすし》といいます。うちの母が、忍くんのおじいさんの妹に当たるとかで……」

ようやく彼らと自分の関係を把握《はあく》する。叔父《おじ》とか叔母とかは呼べないが、まあまあ近い血縁といったところか。

「はい」

「このたびはご愁傷様《しゅうしょうさま》でした。まずはこれを」

と言って靖がテーブルに封筒を差し出した。表には香典《こうでん》と印刷されている。

「……いえ、あの、こういうのはいただけません」

忍は遠慮がちに封筒を差し返した。母が亡くなったからといって香典を集めに来たわけではない。今まで親戚付き合いもしたことがないのに、いきなり金だけ貰《もら》うわけにもいかなかった。

「いや、親戚と言われたら何もしないわけにはいかないから。だからね」

見かけばかり穏やかな靖という男は、また香典をテーブルの上に指先で押しやりながら言う。

「少し多めに包んでおいたから。うちに連絡してくるのはこれきりにしてもらえないだろうか。あの家は好きにしてかまわないから」

「ちょっとあなた。そんなわけにはいかないでしょう」

靖の申し出に、隣で女性が異を唱える。

「……どういう、ことでしょうか」

彼らの要求の意味がわからない。これきりも何も、彼らには会ったばかりだ。それにあの、家とは何のことだろう。

「大樹《たいき》さんの遺産の取り分のことだろう？　もう本当はとっくにそんなものなんて残っていないが、それでは君の気持ちも収まらないだろうから」

「あの……、すみません、何のことかわかりません。俺はただ、両親がいなくなって俺だけが残りましたってこちらに連絡をしたら、あ、あの山南さん……いえ、あなたが、会いに来いと言うので」

「そう。それで、元々大樹さんの遺産相続の取り分を貰いに来たんだろう？」

「いいえ、そんなものがあるとは知りませんでした」

「ありませんよ」

夫の言うことを否定する口調で女性が言う。靖は女性に言った。

「なあ、もうこの際だからきれいにしよう。もう大樹さんのところとは縁を切ったほうがいい。手切れ金だと思えば納得もできるだろう？」

「そんなことを言ったって、うちが今までどれだけあの家に税金を払ってきたか……」

「それは身内のことだと思って諦《あきら》めるしかないだろう。だがこれきりだ」

こちらに丸聞こえの相談だ。何があるのか知らないが不快な話だった。初対面の彼らに忍が迷惑をかけ続けたように聞こえる。

彼らの相談に忍は口を挟んだ。

「あの、僕は何かを貰いに来たわけじゃないです。呼んでいただいたのでご挨拶《あいさつ》に来ただけで、ここのおうちに何かを頼ろうなどと思っていません」

自分と繋《つな》がりがある人がすべて消えてしまって、このままだと自分が何なのかわからなくなりそうだった。だからもしも親戚というものがいるなら会ってみたいと思っただけだ。この家に生活を助けてもらおうなどと考えたこともない。

女性は警戒した目で忍を見た。

「タカリに来る人って、だいたい初めはそう言うんです」

「やめなさい」

靖は妻を止めた。

ああそういうことかと、彼女の警戒の理由がわかった。

靖は決まりが悪そうな顔をしてから、取り成すように忍に言った。

「忍くん。忍くんは知らないかもしれないけど、うちは昔から随分《ずいぶん》大樹さんとか、忍くんのおじいさんに迷惑をかけられていてね。借金は大樹さんの分だけだが大樹さんが失踪したあとも、うちが大樹さんの実家扱いだったものだから、随分借金の取り立て屋なんかが来て大変だったんだ」

「そうなんですか。それは……申し訳ありませんでした」

だったらなぜ自分を家に呼んだのか——辱《はずかし》められている気がして理由を聞きたかったが、聞かなくともすぐに思い当たった。捕まらない父に代わって、彼らは忍に縁切り状を渡そうとしたのだ。

「でも俺は本当にご挨拶に来ただけで、何かをいただこうなんて考えていません」

「でも電話でまだ就職していないと言ったじゃないか。家もないんだろう？」

「それは……。でもこのあと自分で頑張ります。ここでご厄介《やっかい》になろうなんて、考えたこともありません」

「当たり前よ」

父のせいで余程不快な思いをしたのだろう。妻の言葉は容赦《ようしゃ》ない。

「本当にすみませんでした」

父が何をしたか知らないし、なぜ自分が呼び出されてまで謝らなければならないかわからないが、彼らに大きな迷惑をかけたのは確かなようだ。

忍は机に香典を差し返した。

「これはお気持ちだけいただきます。お暇《いとま》します」

ひどい辱めを受けた気分だった。会わなければよかったと後悔《こうかい》した。肉親がいるとわかっても憧《あこが》れるだけにすればよかった。仲間のようなものに入れてもらえるなどと期待していなかったが、頭ごなしに泥棒《どろぼう》のように罵《ののし》られると悲しくなる。少しでも恋しく思った分、彼らの拒絶はひどく忍を傷つけた。

「お邪魔《じゃま》しました」

忍が立ち上がろうとしたとき、女性が忍の背後に目をやった。

「おかあさん」と女性が呟《つぶや》く。

忍が視線のほうを振り返ると、ドアのところから誰かが部屋を覗《のぞ》いている。

「その人が忍さんなの？」

入ってきたのは小柄な老女だ。

わりと高齢に見えた。ウエーブのかかったほとんど白髪《はくはつ》の髪で、痩《や》せた身体に薄紫のワンピースを着ている。

背は曲がっていないが、足が痛そうに身体を左右に振りながら歩いて部屋に入ってくる。

「そうです。もう帰るところです」

そう言いながら女性が立ち上がって席を譲ると、老女はゆっくり歩いてきて妻が座っていた場所に座った。少し紫がかったレンズが塡まった上品そうな眼鏡《めがね》をかけている。色が白く、口紅を塗っているのが目立つ。

老女は少し濁《にご》った目で忍を見つめた。やはり好意的な視線ではなかった。

「……ほんと、操《みさお》兄さんの若い頃にそっくり」

操というのは忍の祖父の名だ。会ったこともなく写真もないが、名前だけは聞いたことがある。

老女はため息をつき、皺《しわ》の寄った口許《くちもと》で忍に言った。

「兄さんも、あなたのお父さんも随分勝手な人でね。うちは親戚だってだけで随分迷惑をかけられてきたんです。……靖、おうちの話はしたの？」

「いえはっきりとは……。でも名義もいつだって変えられるようになってます」

答えを受け取って老女は続けた。

「私と兄さんで実家の遺産を半分にするように言われて、ずっと私が管理してきました。本当はあなたのお父さんの借金を随分払ったものだから、忍さんに渡すものはもう残っていないけれど、それでは忍さんがかわいそうだから、ひとつだけ譲ります」

「……けっこうです」

蔑《さげす》まれて、タカリと勘違いされて、憐《あわ》れまれて、勿体《もったい》ぶって、そんなものを渡されたら一生恩に着せられそうだ。

忍の不機嫌な声に腹を立てた様子もなく、老女は淡々と言った。

「遠慮するほどのものではないの。忍さんのおじいさんが住んでいた家よ」

「――おじいさんが？」

忍の人生に急に浮き上がった祖父という存在を、嬉しいようにも異物のようにも感じて、とっさにどう受け止めていいものかわからない。

老女はほっとした口調で続けた。

「兄さんが若い頃に住んでいた家。家といっても田舎《いなか》だし、本当に古いから、土地だと思って受け取ってちょうだい」

「でも」

「これで私の気も済むんですよ」

そうなのだろうかと忍が顔を上げたとき、老女は小さな声で呟いた。

「そしてもうこの家とは、関わらないで」

† † †

忍は一旦《いったん》部屋に帰り、その家とやらを見に行くことにした。

駅から徒歩四十分。とりあえず目の前は道路だが、視線を上げれば深緑の山が見える。道路の脇《わき》は田んぼ、向こうを眺《なが》めればススキ野が揺れているのが見える。

バスは一日七、八本。朝と夕方に集中していて、通学と通院用のようだった。のどかと言えば聞こえがいいが、はっきり言ってド田舎だ。

靖の話によると、もしも失踪した父と連絡が取れたら、祖父の住んでいた家を譲るから金《こん》輪際《りんざい》うちに関わるなと言うつもりだったらしい。それが父が見つからず諦めていたところに、忍から急に電話があったということだった。本当に父に祖父の家を渡すつもりだったらしく、書類はすでにできていて、すぐに役所に提出するとのことだ。そのくらい本気で自分たちと縁を切りたかったということなのだろう。

——忍くんに辛《つら》く当たるつもりはなかった。妻が失礼なことを言ったね。

玄関で、靖はそう言って忍に謝ってくれた。

確かに辛い言葉ばかりだったが、こんなに普通の家族が忍にあんなことを言うくらいだ、父は彼らに余程ひどい迷惑をかけたのだろう。しかも祖父まで何か無責任なことをしでかしているらしい。

「……俺は真面目《まじめ》だよ」

思わず独り言が口を突《つ》く。

このとおり住所不定無職だが、奨学金以外の借金はないし、ギャンブルも酒もタバコも手をつけたことがない。合コンに行かなかったのは単純に金と興味がなかったからだ。

俺は母さんの血を引いたんだ。忍はそう思うことにしている。

貧乏で苦労性。真面目なことが苦痛ではなく、そんな自分の人生を貧乏ったらしく寂しくも思ったことはあるが、父や祖父の話を聞くと慎ましい生活が誇りのような気がしてくる。

「奨学金の上に固定資産税か……」

歩きながら忍は憂鬱《ゆううつ》なため息をついた。

奨学金だけで月二万円の返済だ。父に譲るために、その家の税金を山南家がずっと支払ってきたらしい。来年から忍が払うようにと言われた。

「家……ね」

ありがたいのか、重荷が増えただけなのか。

アパートの家賃と、持ち家の税金維持費を比べたらどちらが得なのだろう。考えながら忍は少し坂道になった細い道に入った。車がぎりぎり通れるくらいの細い道だ。畑の間に家があるような田舎で、空き屋も多そうな場所だった。見渡す感じ、農業主体の過疎《かそ》化が進んでいる地区のようだ。

祖父が住んでいた家だということだった。

ここまできたらいっそすべてと縁もゆかりも切りたいところだったが、撥《は》ね除《の》けられない事情がある。来週住む家がないのだ。アルバイトも必ず見つかる保証がない。悩んだが甘えることにした。山南家にとっても、忍に恩を売って縁を切る絶好のチャンスのようだった。

アパートも借りられない自分に、庭付き一戸建てだ。冷蔵庫やクーラーなどの電化製品はまったくないとのことだったが、アパートを引っ越しても同じだ。当座の生活は今の部屋にあるもので何とか賄《まかな》えるはずだ。あまり広い家だったらあの小さなクーラーで効くだろうか——。

思案しながら坂道を上がって、小さな林になっている木の群生のところを曲がると展望が開けた。畑と家の田園風景だ。思わず忍は立ち止まった。

畑の中に垣根《かきね》が見える。

その中に昔話のような家が建っていた。

——古い。

今どき茅《かや》ぶき屋根などあるのだろうか。白い土壁《つちかべ》の外壁を、明治の写真のような剝《む》き出しの縁側が囲んでいる。しかもそこに文化財的な趣《おもむき》が少しもないのもすごかった。古民家というほどの荘厳《そうごん》さはない。ただやたらと「古い」のだ。古いというよりほとんど時代錯誤な建物だ。

手に負えない。

直感でそう思った。電球やカーテンレールは自分で替えられるし壁紙も貼《は》り替えられるが、そういうレベルではない物件だ。

厄介払いという単語が忍の脳裏《のうり》を過《よぎ》った。快適な家がタダで貰えるとは思っていなかったが、これでは住むところをなくすか、屋根の代わりに大変な負担を負うかというどっちをとっても辛い二択だ。だが今さら放棄《ほうき》もできない。

しばらくその場で呆然《ぼうぜん》と家を眺めた。

手放すにしても手つかずのほうがいいのではないか。それとも靖に電話をして、中がどうなっているのか尋ねてみたほうがいいだろうか。考えたが、彼らの態度を見るかぎり気軽に質問できる雰囲気ではない。踵《きびす》を返して逃げたくなったが逃げてもどうにもならない。今さらいらないとも言えない。

しばらく迷った挙げ句、忍はとりあえず側まで行ってみることにした。

いずれ放棄するかもしれないが、現状を知っておかなければ不動産屋や土木業者に相談もできない。それに今の忍は当面あの家を住所にするしかなかった。

とりあえずあの家に荷物などを移して、そこを拠点に新しい部屋を探すのがいちばんいい方法ではないかと忍は判断した。怖いほど古い家だがホームレスよりマシだ。住所があればアルバイトも見つかるし、履歴書《りれきしょ》に書く住所もできる。大変そうだがありがたいと思って受け取ることにしよう。

玄関に行ってみると、木の戸口に二箇所錠前《じょうまえ》がぶら下がっていた。ドアに直接挿《さ》す鍵《かぎ》ですらない南京錠《ナンキンじょう》というやつだ。靖から鍵を受け取ったとき、ドアノブに挿すにもやけに小さすぎる鍵だなと思ったがこういうことだったのか。

雨風に晒《さら》されたようなサビがこびりついた錠前に鍵を挿すと、ジャリッと砂のような音がした。がたがたと揺らしながら滑りの悪い木戸を開く。

勢いをつけて大きく引き開けたとき、中からむわっと闇《やみ》の塊《かたまり》のような空気が雪崩《なだ》れてきた。質量を持った空気だ。続けて湿《しめ》った木と土のにおいが溢《あふ》れ出てくる。取り壊す前の古い校舎で嗅《か》いだ記憶がある。その特濃版というところだろうか。

玄関から陽《ひ》が差し込むと中が見えた。光の中にきらきらと埃《ほこり》が舞っている。右手の奥のほうには何だか竈《かまど》のようなものが見える。玄関の床は土だ。歴史資料館とかで見た土間とかいうやつかもしれない。こんなの時代劇でしか見たことがない——いや。

忍は最近の記憶を思い起こした。崩壊家屋についての番組で見たことがある。住人がいなくなって放置された家の番組だった。シロアリの管理もできていなくて、柱が腐《くさ》って倒れたり、不審火のターゲットになったりする。

早くも忍は激しい後悔を覚えている。黄ばんで剝《は》がれかけた障子《しょうじ》や、ヒビの入った土壁。《時間》という艶《つや》のない漆《うるし》のようなもので黒くコーティングされた室内だ。窓枠から蔦《つた》が這《は》い入っている。あちこちにおそるおそる目をやりながら忍は唾《つば》を飲んだ。厄介払いの真髄《しんずい》を見た気がした。もしかしなくても、とんでもないものを押しつけられたのではないか。

とにかく窓を開けるかこのまま戸を閉めるかだ。とはいえ行くところはないのだから、家に上がるか土間にキャンプのような野営を構えるかの二択になるのだろうか。

屋根がある。だが虫がいそうだ。住所が欲しい。だがこんなところに住めるのだろうか。

一歩踏み入れた位置で悩んでいた忍はふと、耳を掠《かす》める音声に顔を上げた。

家の奥のほうから光と音が漏《も》れている。話し声と、音楽交じりの雑音だ。

隣の家からだろうか。それとも外からか。だが建物の周りはぐるっと庭で、垣根もあるし、隣は畑で隣接する家はなかったはずだ。

奥からは喋《しゃべ》り声と、どっと笑う大勢の声が聞こえ続けている。バラエティ番組……に似ている気がする。

息を殺して忍は中に入り、奥を覗いた。

板が並んだ上がり口がある。その上には磨《す》りガラスとガラスの引き戸がある。模様になった格子《こうし》の中の透明なところから中をそっと覗いてみると、畳《たたみ》の部屋が見えた。その向こうは襖《ふすま》で仕切られていて、光と音はどうやらそこから漏れているらしい。

人が住んでいるとは聞いていない。鍵もかかっていたはずなのにと思いながら、忍は息を殺して奥の様子を窺《うかが》った。

もしかして裏玄関から入ってしまったのか。そう思う間にもまた奥の方で、ぎゃーと下品な叫び声と笑い声、じゃじゃーん、とバラエティ番組特有のポップな効果音がしている。

忍は声をかけてみることにした。ここに立っていても始まらない。

「ごめんください！」

一応、この家の持ち主は自分になったんだよな、と、心の中で念を押しながら、もう一度。

「ごめんください！」

大きな声で呼んでみると咳が出そうになって、忍は慌てて手のひらで口許を覆《おお》った。

空気が淀《よど》んでいる。埃臭《くさ》さに喘息を誘われそうだ。疲れが溜《た》まっていて、発作が起こりやすくなっているから気をつけなければと思いながら軽い咳でやり過ごしていると、奥から人の気配が出てきた。

すらっと障子が開いて光が漏れる。ちらっと垣間見えた感じでは……襖の向こうは茶の間……だろうか。

透明なガラスの部分から男のスエットの足首が見えた。和室を横切り、目の前のガラス戸を開ける。

「わあっ！」

隙間《すきま》から足許に何かがピュッと飛び出してきた。驚いてとっさに飛びずさると、飛び出してきたものがチッと鳴き声を立てて、上がり口の板のところで立ち止まる。振り返るほっそりした茶色い姿。イタチ？　……いや、フェレット――……？

「呼んだか」

前足を上げてきょろきょろしているフェレットを呆然と見ていると、不意に頭上から声がした。

はっと振り仰《あお》ぐと、若い男が上から見下ろしている。

黒髪の、整った顔立ちの男だった。モデルでもやっているのかと思うくらい背が高く、広い肩とのバランスがいい。ただ格好はこれ以上なくラフだ。くたびれたスエットに裸足《はだし》。髪も簡単に後ろに掻《か》き上げているだけだ。無精髭《ぶしょうひげ》も少しある。

都会の暮らしに疲れて隠遁《いんとん》生活を送るモデル——？

一瞬でそんな想像をする。だがいや待て、と忍は我に返った。いくらそんな状況がハマる容姿でも、こんなところにそんな男が住んでいるわけがない。

「あの、あなた、誰で……」

我に返った忍が問いかけようとすると、男が見張った目で忍を凝視《ぎょうし》していた。

「——……み——……操ッ!?」

男は変な叫び声を上げて忍の前にしゃがみ込んだ。

「操。……操だ。操！　生きていたのか！」

男は目の前に膝《ひざ》をつき、忍の腕を摑《つか》んで忍の顔を覗き込む。

「へっ？　えっ!?」

男の顔が間近にあった。形のいい二重《ふたえ》、鼻梁《びりょう》が高い。だが覗き込んでくる瞳《ひとみ》の色がなんだかおかしかった。薄暗いところで見ているからだろうか。いやそうではない。瞳の色が海に浮かんだ油のようにゆらゆらと揺れている。青いような緑色のような、油を絡めた鉄のよ

うな色だ。人間の網膜とはまるで違う。

だが男の容姿に驚いている場合ではない。

「いや、俺は操なんて、名前じゃ……！」

忍は慌てて男の肩を押し退《の》けながら首を振る。聞いたことがある名前だと思うが急には思い出せない。

「ずっと待ってたんだ！　よかった。よかった、無事で！」

男は叫ぶと急に忍を強く抱き寄せた。とっさのことで逃げられない。忍は「ひい」と変な悲鳴を上げた。

「操……操ッ……！」

大きな黒い犬のように、忍に抱きついて首筋のにおいを嗅いでいる。

「ずっと待ってた！　五十年も！」

「って、待って、まだ俺は二十二で」

「操！　……操ッ！」

連呼されたところで、操という名前の持ち主を思い出す。

「み、操はじいちゃんだよ！　俺のじいちゃん！」

「間違いなく操だ！　他に誰だって言うんだ！」

「違うって！」

男の肩に手をかけ、力いっぱい押し返してみるが、男はとんでもなく力が強くてびくともしない。

「嘘《うそ》だ、操の顔だ。操のにおいだ！」

「じいちゃんはもう死んだよ！　何十年も前に！」

人違いにしたっておかしすぎると思って忍は叫ぶが男は聞き入れない。

「嘘つけ！」

親戚の家で祖父と顔が似ていると言われた。そのせいで間違われたとしても、世代が違いすぎる。

「たとえじいちゃんだったとしても、何年経ってると思ってるんだ！」

妹という人でさえ白髪交じりのおばあさんになっていた。それなのに自分の祖父が二十二歳の身体でこんなところに存在するはずがない。

「……」

忍の叫びに、男ははっとしたように動きを止めた。忍の身体に食い込むくらい抱きしめていた腕をそろそろとほどく。

男の不思議な色の目が忍を凝視する。男は呆然と忍を見た。

「——操……じゃないのか……」

どこかに祖父と違うところを見つけたのか。それとも年代が合わないことを理解してくれたのだろうか。

「うん。……操っていうのは、じいちゃんの名前だ。生きてたら今、七十歳くらい」

男の表情を窺いながら、おそるおそる念を押すように忍は添えた。祖父に間違われているとしても根本的に年齢がおかしい。頭からまったく人違いと考えるほうが自然そうだ。男が待っているらしいのは、自分によく似た、祖父と同じ名前の、まったく別人かもしれない。

男は操を抱きしめていた両手を下に落とした。

「そうか。……そうだったな。——もうそんなに経つか……」

男は驚いたように呟き、忍から離れて指で自分の額を押さえた。年齢は忍より少し年上くらいだろうか。ちょっと珍しいくらい整った顔立ちだ。

正座で上がり口にへたり込んだ男は、ぼんやりした目で忍を見ながら呟いた。

「操は……。……死んだのか」

男が言う「みさお」という男かどうかはわからないが、この家に関係する「みさお」という男のことなら、死んだと答えるしかなかった。

「……うん。山南操はもうだいぶん前に亡くなっています。俺が生まれる前のことで、俺もじいちゃんに会ったことはありません」

男があまりに驚きすぎて気の毒になりながら、忍はできるだけ静かな声で語りかけた。

「あなたは、じいちゃんの知り合いですか？」

年齢から見ればそんなことはなさそうなのだが、他にどう尋ねていいかわからない。

男は顔を上げて改めて忍をじっと見つめた。瞳の中でメタリックな紺色《こんいろ》がゆらっと揺れる。

「よく見ると、操じゃない」

「うん」

正気に返ったような男に少しほっとしながら頷《うなず》く忍に、また男が意外な顔をする。

「お前、俺が見えるのか」

「えっ？」

「俺が見えるのか」

念を押すように言われて我に返るのは今度は忍のほうだった。この男がなぜここにいるのか忍にはわからない。奥からはまだテレビの音が聞こえている。膝の上にはフェレットがするする走り回っている。貰った家に人が住んでいるとは聞いていない。

忍は男の問いに答えず、警戒した声を出した。

「あ、あの、あなたは誰ですか？　ここ、俺の家だと聞いてきたんです。あなたは何で、誰の許可を貰ってここに住んでるんですか？」

数日過ごしただけというには生活臭《しゅう》ができあがりすぎている。不法占拠とかいうやつだろうか。長年空き屋なのをいいことに住み着いたとしか考えられない。

男は訝《いぶか》しそうに忍を見たあと不思議そうに答えた。

「人の許可を貰って家に住む座敷わらしなんかどこにいるんだ？」

「……は？」

「座敷わらしだ、この家の」

「わらしっていうか、座敷おとこだろ！」

わらしと呼べるのはせいぜい十歳前後までだ。モデル張りの体格、精悍《せいかん》な顔立ち。どう若く見積もったって《童《わらし》》というイメージから離れている。《座敷おとこ》だなんて上手《うま》いこと言ったなどとうっかりおかしがる自分の心を押し退けて、忍は男を睨《にら》んだ。

「勝手に住み着いてるのか？　そうだったら今すぐ出ていってくれ」

「まあ俺は、家主の許可を得ているが」

「じいちゃんの？」

「そうだ。操のだ」

「そんなことあるわけないだろ⁉　言ったとおり、じいちゃんはもう何十年も前に死んでるんだ！」

悪びれない男に忍は言った。家を貰ったばかりのくせにいきなり家主ヅラも恥《は》ずかしいが、無断で住み着いているヤツに遠慮することはない。

「今すぐ出ていってくれ。そうでなければ警察に届ける」

家主になったのは今日からだ。昨日までのことをとやかく言うつもりはない。だが今日からは自分が住むのだ。住人顔でいられては困る。

「座敷わらしを？」

厚かましく自分を「わらし」と言い張る男が面白そうに首を傾《かし》げるのに、忍は少しゾッとした。訝しく顔が歪《ゆが》む。この男、顔はいいが頭がおかしいのかもしれない。それとも新手の押しかけ強盗か。

怯《ひる》みそうになる自分を叱咤《しった》しながら、忍は男を睨んだ。

「嘘でももうちょっとマシなのにしろ。妖怪《ようかい》なんかいるわけないし、ぜんぜんあんた普通に見えるし」

「そうだ。見えてるんだろう？　俺が座敷わらしだ」

「何ていうかそういう――……」

反論しかけて言葉を失う。コイツは自分を妖怪と思い込んでいる頭がおかしい男なのだろうか。そんな男に、他人の家に住んでもいいとか悪いとか、そんな話をして通じるものだろうか。自分を何かと思い込んだ男が殺人を犯して、判断能力がないとして無実になったニュースを最近聞いた。怖くなったが忍が出ていくわけにはいかない。自分だって行くところがないのだ。そっちがその気なら、と忍は思った。

「じゃ、じゃあさ、座敷わらしが家にいたら金持ちになるっていうけど、これはどういうことなんだよ」

そう言って忍は家の中をぐるっと視線で指し示した。土間だけ見れば廃屋同然だ。朽《く》ちかけた棚も埃を被《かぶ》った蜘蛛《くも》の巣《す》も家具も、裕福な気配はまったくない。

あくまで妖怪だと言い張るなら、妖怪として論破してやる。

「家はボロボロだし、金はなさそうだし、アンタ、ぜんぜん座敷わらしっぽくないし！」

座敷わらしといえば、おかっぱ髪で着物を着た子どもの妖怪だ。よれたスエットを着たモデル体型の立派な成人で、家もこれでは座敷わらしという主張は成り立たない。姿はもとより、座敷わらしは金を得る妖怪だ。それがこんな倒壊寸前の家に住んでいること自体が矛盾《むじゅん》だ。

座敷おとこは悪びれもせず答えた。

「俺は富を与えるのであって、俺自身に金運はない。金が欲しければ俺と暮らせ」

もう尻尾《しっぽ》が出たと、忍は鼻で笑った。

「よくネットなんかで見るじゃん。『儲《もう》かる方法を教えます』ってバナー。あれだって本当に誰でも儲かる方法があるなら自分が儲ければいいんだよ。そういう上手い話はねえよ。それと同じだ」

「お前、俺の話を聞いていたか？　俺は人の生気を糧《かて》に、住人に金運を与える。人がいなけりゃ金運を与えようがないんだよ。家がこうなのは操――お前のじいさんのせいだ」

「人のじいちゃんのせいにするなよ！　さあもういいだろう？　出ていってくれ」

「ここは操の家だ。俺は操と住んでいた。お前こそ何だ？　操じゃないくせに」

「今度はそういう話かよ！」

座敷おとことという嘘が論破されたら今度は賃貸とか言い出した。だがデタラメ話を頭から信じないほどには、忍だって不動産屋に通ったつもりだ。不遜《ふそん》な態度の男にも忍は怯まなかった。身を乗り出して男に尋ねた。

「ふうん？　賃貸契約してるの？　契約書とかあるの？　家賃とかどうなってんの？　今はここは俺の家だ。あるなら見せろよ」

「そんなものは必要ない。金なら俺が与えていた側だ」

言い負かされても男は堂々と言い切る。嘘をついている目ではない。自分で妄想《もうそう》したデタラメを信じ込んでいるだけだろう。こうなると本当に質《たち》が悪い。

「どういう理屈かわかんないけど、金があるならこんな家になるはずがないだろう？　じいちゃんの名前で勝手なことを言うな。何でお前がじいちゃんの名前なんて知ってるんだ？　じいちゃんとどういう関係だって訊《き》いてるんだよ」

「操は俺を捨てて逃げた男だ。お前はその孫だ。お前こそ責任を取る気はあるのか？」

「……はあ？」

あまりの理不尽さに、忍は顔を歪めて男を見た。男は怒りを湛《たた》えた目で忍を見据《みす》えて低い声で囁《ささや》く。

「一緒にいると約束をしたまま、操がいなくなった。俺が与えた富で金を得て、病気を治してそのまま逃げた。お前は孫だと言ったな」

「あ……ああ」

「操が俺を裏切ったツケを、お前に払えと言えば従う気はあるのか」

詐欺《さぎ》のような口ぶりで責められて、忍はどきっとした。祖父の無責任を責められるのは二度目だ。祖父の妹の口ぶりでは、祖父は心底悪人のようにも聞こえた。

もしかして、祖父はこの男のことも騙《だま》したのか――？

不安になりかけたが、いやいやと首を振った。根本的に無理がありすぎる。男の言うことのどこまでが本当かはわからないが、忍が彼の話を聞き入れられないのには、基本設定に無理があるからだった。

急に刺されたりしたら困ると思いながら、忍は慎重《しんちょう》に切り出した。

「あの、さ」

座敷おとことか本当に馬鹿馬鹿《ばかばか》しいと思っている。だが比喩《ひゆ》のわかりにくさはさておき何らかの形で祖父に騙されたと言うなら、少しは耳を傾けたほうがいいのかもしれない。とにかく父は金に信用がおけない人間だった。祖父も父のように信用がないというなら可能性はある。だから間違いがあるなら正さなければならないと忍は思った。妖怪話は問題外だが金は現実だ。

「アンタ、ちょっと混乱してるみたいだけど、もしも俺のじいちゃんが、アンタと同居の約束をしたって言うなら年齢がおかしすぎる。あんたに約束したのは俺のじいちゃんじゃなくて、父さんじゃないか？」

あの父のことだ。不動産を持っているなら真っ先に売り払っていそうな気がするが、この男がいるから売り払えなかった可能性もある。あるいは山南家の面々はしっかりしたタイプのようだったから、安く叩《たた》き売るのが目に見えている父には譲らなかった可能性だってあった。そんな事情につけ込んで男が嘘をついているなら即座に叩き出してやる。

忍はできるだけわかりやすい口調で男に話した。

「じいちゃんはずうっと昔に死んでしまって、アンタと契約できるような時代には、生きていないよ」

「お前の父など知らん。俺が約束を交わしたのは山南操という男だ。もうずっと昔の話だと、お前が言ったんだろう？」

――やっぱり悪質だ。

理解できないふりで居座ろうとするのか、父ではなく祖父と言うのも混乱したふりでけむに巻くつもりでいるのか。どちらにせよまったく信用できない話だ。一考にも値しないデタラメだった。

本当に警察を呼ぶべきかもしれない。だが背中を見せたら後ろから首を絞《し》められて裏山に埋められるのではないだろうか。そんなことになっても自分を探す人などいない。

じりじりと緊張で身体を固くする忍の前で、男は悲しそうな息をついた。

「……やっぱり操は帰ってこないのか」

忍に尋ねるような、独り言のような呟きだ。

おそるおそる忍は答えた。

「当たり前だろ。亡くなってるし。俺は孫だし」

そう言うと、座敷おとこは表情にぴりっと嫌悪を走らせた。

「祖母がいるのか」

「と……当然だろ。会ったことないけど。俺がいるってことは、ばあちゃんと父さんと母さんがいるってことだ」

いくら今、忍が天涯孤独だといっても、初めは誰かの腹から生まれてきた。父も、そのまた父も、草のように地面から一人で生えたわけではない。

男は笑った。一体何なんだろうと忍が怪訝《けげん》に男を見ていると、喉《のど》を鳴らして笑っていた男は、力が抜けてゆくようにダラダラと笑うのをやめた。そして苦々しさの交じった気怠《けだる》い笑みで、忍をじっと見つめる。

「そうか、本当に操は俺を捨てたのか」

「そんなこと……知らないよ……」

男と祖父の関係が何か知らない。男は悲しんでいるようだが、そもそも祖父がこの男を捨てたという話もわからない。

忍は気まずい気持ちで言った。

「悪いけど、今日中に荷物を纏《まと》めて出ていってくれ。俺も金がなくて、ここに住むしかないんだ」

「……金がない？」

無遠慮に問い返されて嫌な気持ちになったが、わかりやすい話をしたほうがよさそうだ。

「ああ、お恥ずかしながら金がない。ここ以外に行くところもないんだ。ここは今日から俺の家だし、俺は誰にも迷惑をかけていない」

奨学金の返済はあるし、まだ就職もできていないが、何とかして返していくつもりだ。職さえあれば必死で働く。目の前の男のように無断侵入して住み着くよりは自分のほうが善良だ。

男はまじまじと忍を眺めた。何かを考えているようだ。皮肉や嫌悪が交じった視線だった。悲しみ、怒り、やるせなさ。彼の表情から読み取れる心には、友好的な明るさや温かさはない。

「なるほど、お前でいいかもしれないな」

男は皮肉な声で呟いた。

何が、と忍が男を見たときだ。

「お前の身体と引き替えに百万の富をやろう」

男が忍の腕を摑んだ。

「……え？　――うわ！」

男は上がり口に忍を引きずり上げた。ものすごい力に倒れそうになるのを忍はようやく畳に手をついて堪える。

「何をするんだ。離せよ！　っわあ！」

入り口の部屋に引きずり込まれて、慌てて足だけで靴を脱いだが、片方は縁側の上に乗ってしまった。

「操を抱く約束をしていた」

「は……はあっ⁉」

座敷おとこは男で、祖父も男だ。

祖父は同性愛者だったのだろうかとか、そういうことを考える余裕もなく、車にでも繋がれたように容赦なく、忍の意思など意に介さない強い力が忍を引きずってゆく。男は唸《うな》るような低い声で言った。

「操がいないなら、操の約束はお前が叶《かな》えろ。その代わり、操に与えるはずだった富をお前にやろう」

こう見えても男は隠し財産か何かを持っているのかもしれない――じゃなくて金の問題ではなく貞操の危機だ。

「いくら金に困っても援交とかやんないよ！　しかも男と！」

何度も迷った。食べものがなかった夜に、思い切ってそういう世界に飛び込めば飢《う》えを凌《しの》げるのではと思ったが、どうしてもできなかったことだ。

嘲笑《あざわら》うように男は笑う。

「金が欲しくないか」

「ほ、欲しいけどそういうのは絶対嫌だ！」

金で身体を売ることなどしたくない。父がひどい人だったから、余計にセックスに夢を持ってしまったかもしれない。いつか自分が恋をしたら、一番大切な人と気持ちを確かめながら抱き合いたかった。自分は父のように母を捨てたりしない。熱病のような短い恋に身体を任せて、忍のような子どもを作ったりしない。

「欲しいなら任せてみろ。そうすれば操のことも少しは大目に見てやってもいい」

「わ、あ！」

そう言いながら、男は灯《あか》りのついた部屋に忍を引っ張り込んだ。テレビとパソコン、こたつの上にはみかん。呆気にとられるほど日常的な部屋だ。

「ちょ、待てよ！　何の話かわからない！」

訴えかける忍を無視して、こたつの前を通り過ぎ、男は奥の襖を開ける。

「！」

敷きっぱなしの布団《ふとん》が目に飛び込んできて、反射的に忍は暴れた。

「嫌だ、離せ——……！」

犯される。忍は逃げ出そうとしたが男の握力《あくりょく》は強く、どれだけ腕を引き抜こうとしても、手錠のように男の手は緩まない。

「離せよ！　嫌だって！　何をする気なんだよ！」

「富を与えてやると言っているんだ」

しゃがみ込もうとしたが布団の上に引きずられる。忍が横倒しに布団の上に倒れ込むと男が馬乗りになってきた。身体の下に押さえ込まれると、男はまさに妖怪じみた石のような重さになって少しも退けられない。

「やめ……ろ……！」

摑まれた手を押しやろうとしたが、力に差がありすぎてまったく意味がなさそうだ。忍の脳裏に家の周りの田園風景が過った。こんなところで悲鳴を上げたって、誰も助けに来てくれそうにない。

「操……」

男は囁いて、忍の首筋に唇を這わせた。

「うわ。わあ！」

濡《ぬ》れた感触が首筋に鈍い線を引くのがわかって、悲鳴とも叫びともつかない変な声が出る。ズボンの中からシャツを引き出された。忍は足だけでばたばたと暴れたが、シャツは下着ごと胸の下までたくし上げられる。

「や、めろ！　やめろって！」

「そう暴れるな」

男は囁いて、唇で忍の唇を塞《ふさ》いだ。

男とキスなんて絶対ありえない。頭の中でぶわっと拒否感が溢れるが、忍の気持ちとは無関係に唇は、男の柔らかい唇に包まれている。

何度か音を立てて吸い上げられた。男が唇の間を舌で割ろうとするが、絶対口を開けるものかと思った矢先だった。

「あ……」

食いしばったつもりの歯が、男に舌先で舐《な》められただけで緩んでしまう。

驚く忍の口をさらに開けさせ、男は一度忍の舌先を吸ってから、角度を変えてまたキスをしてきた。

「う……。……っ——？」

突っ張ろうとしていた手から力が抜けてしまう。俯《うつむ》こうと力を入れていた首からも力が抜けて、喉を晒《さら》して軽く仰《の》け反《ぞ》るくらい頭が後ろに倒れた。

「……」

何で——？

忍は動けなくなっていた。そのまま「あ」と声が出せそうに緩んだ口ではあはあと息をしている。早く閉じなければと思うのだが、なぜだか歯を食いしばる力や気力が湧《わ》いてこない。

「富をやると言っただろう――」

唇が触れる寸前に囁きながら、座敷おとこと名乗る男の舌が歯列を割る。

「っ、う」

噛みつこうとしたが、甘噛みに終わった。顎《あご》に力が入らなかっただけではない。男の舌のあまりの柔らかさに、ここを本気で噛んだら彼に命に関わる怪我を負わせてしまうと本能的に悟って怖《お》じ気《け》づいてしまったからだ。

「う……やめ、う――……！」

調子に乗って絡めてくる舌に、忍は怒りを覚えた。恩を仇《あだ》で返すような図々《ずうずう》しさだ。

「う……む。う。……う！　ふ……。やめ、ろ……。う……」

何とか男を押し退けなければ。そう思って足掻《あが》くのに、男の重さはどんどん増してゆくようだ。それとは逆に忍の腕からは力が抜けてゆく。腕に鉛《なまり》が詰まっているかのように、男の肩を押し退けるため、手を上に持ち上げるのも容易ではない。

「……やめ……。……っ……」

あっという間に抵抗は弱々しくなり、懇願《こんがん》を繰り返すばかりになった。血が抜けたように腕にはまったく力が入らず、男の腕に縋《すが》っているのがやっとになってゆく。

頭がくらくらしはじめる。心臓は恐怖と動揺で限界までバクバクしていて、いつ破裂してもおかしくないくらい鼓動している。

何でこんなことになったんだろう。ズボンのボタンを外されながら考えたって答えは出ない。なぜか貰えることになった家で、どうして見知らぬ男に犯されそうになっているのか。

正気になればなるほどわからない状況に混乱してくる忍はふと、鼻腔《びこう》をくすぐる香りに気づいた。香でも焚《た》いているのか、この部屋に入ったときから甘い香りがしている。サンダルウッドに分類されるような香りだ。スッキリしているのに脳髄《のうずい》に届くときはひどく甘い。香りはだんだん強くなる気がした。今はもうむせ返るほどだ。身体が痺《しび》れるのはこのせいだろうか。朦朧《もうろう》としてくるのもこの香りのせいだろうか。

「や……あ……」

座敷おとこが唇を離す。無防備に舌を差し出し、口を開けている自分が自分で信じられない。男の唇との間に粘《ねば》ついた糸が引く。男はそれが切れる前にまた、唇を吸いに来た。

吸われた舌はちりちりとした痛みを発し、そのあと痺れてじんじんと疼《うず》くような痺れを放った。そこをまた滑った男の舌が擦《す》り上げてゆく。

嫌なのに唇を閉じられない。舌の横を舐められるたび腰《こし》が勝手に布団から浮き上がっていった。

やばい。

頭の中で危険の予感が毛を逆立《さかだ》てている。だが尖《とが》ったシグナルも快楽に曖昧《あいまい》に溶かされていった。

「ん――……う。……ん、う……」

唇を開き、男の舌を吸うのはほとんど本能がすることだ。下唇を吸われて、知らない間に忍はうっとりと目を閉じていた。舌の奥をくすぐられると自分では知らなかった快楽がぞくぞくと溢れてくる。

快楽に流されるとはこういうことなのだろうか。忍は男を好きになったこともなく、この男に対する好意などもちろん持ち合わせていない。相手は見ず知らずの、不法侵入の男だ。

焦りつつも、身体はもう少しも動かなかった。キスで思考が蕩《とろ》かされる。無意識に、本能のまま男の舌を欲しがっていたときだ。

いつの間にか、くつろげられていたズボンの奥、下着の中にふとむず痒《がゆ》いような刺激が触れて、忍ははっと意識を戻した。男の指先が触れているのは、忍の身体の一番奥だ。内臓の入り口だった。自分でも最低限にしか触れない場所だ。生理的な怖さにぞっと鳥肌《とりはだ》が立つ。

「や……めろ。そこは」

下着に潜《もぐ》っている男の手を抜き出そうとするが、縋りつくような動きになるばかりでまったく駄目だ。男は入り口を指の腹で優しく擦りながら、忍の首筋に唇を押し当てながら囁く。

「大事にしてやる。金など見飽きるほど与えてやろう」

「……んな馬鹿な。どう……やって……」

男の指が忍の最奥《さいおう》のほころびを擦るたび、むずむずとした感覚がある。くすぐったいだけではない。だが忍の知る快楽とも違う。だから余計に怖い。

薄い膜を撫でられるような緊張がある場所を、男はずっと撫で続けた。暴れたら指を押し込まれそうで怖かった。かといって大人しくしていると侵入を許しているように取られそうでそれも怖い。

慌《あわ》ただしく迷う間まったく動けずにいる忍の耳のふちを、男は舌先でなぞりながら囁いた。

「宝くじを買ってこい。ロトとか」

「セルフかよ。そういうオチかよ！」

忍は逡巡《しゅんじゅん》を忘れて男の耳元で喚《わめ》いた。条件にすらならない。そんなの詐欺未満だ。インチキ啓発本に土下座のレベルだ。愕然《がくぜん》とした。一億円儲かる方法が《宝くじを買ってこい》では納得する人など絶対いない。だが男は平然とキスを続けながら繰り返す。

「いいから買ってこい」

「買わねえよ……っ……あ！」

怒鳴りかけたところで、撫でていたところにぐっと、指を押し込まれて、忍は無防備な声を放った。知らない感触だ。乾いた異物が身体の中に押し込まれている。忍はとっさに身を捩《よじ》った。

「嫌。……だ。抜け、よ。抜いて……！」

「痛いか……？」

忍の懇願を無視して、男は優しく尋ね、さらに指を押し込んだ。押し広げられる感覚と共に内臓を押し分けられるのがわかった。

「痛……、くない、けど、嫌だ。抜いて。気持ち悪い……！」

男の長い指がゆっくりと抜き差しされる。痛みはないが慌てずにいられない感触だ。少しずつ奥へ押し込まれてくるのがわかる。

「嫌だ。……嫌だ、そんなの」

何度か抜き差しされると、だんだん動きがなめらかになってきた。身体の中をゆっくりと撫でられている。苦しさが減り、異物感が主張を強めてゆくのに焦る。

「抜け、よ！」

男を押し退けようと腰を捩った瞬間だった。男の指の中央あたりが擦れると、ビリッと強い快楽が走る場所がある。性器の付け根を撫でられているような、単純ではっきりとした性感だ。

「どうだ？　痛いか？」

「わ！」

教えるように擦られたら悲鳴のような声が上がる。すぐにそういう場所だと忍にもわかった。抵抗できない快楽を発するポイントだ。

「嫌だ……。そこは嫌。……ッ……ぁ……！」

「ここはビクビクしているが、本当に嫌なのか？」

座敷おとこはあやすように忍の首筋や頬《ほお》にキスをしながら尋ねてくる。身動きするのが怖いくらい危うい感触だ。今ようやく堪えられているものを、続けて擦られたり抉られたらなんだかひどいことになりそうなのははっきりわかる。

「やめ……あ。嫌だ」

言葉と裏腹に、押し返そうとしていた手は座敷おとこにしがみつくしかなくなっていた。それさえ力が入らずに座敷おとこに腰を抱き支えられている。

「あ。……ん。やあ……あ！」

いつの間にか初めての場所に二本も指を咥《くわ》えさせられて、奥までずるずる抜き差しされていた。異物感に身体の知らない場所を擦られるのが怖い。そこを中心に火花のような電流が走り、ぞくぞくと腰が震える。おかしな痺れが快楽の一種であることを知らないほど忍は子どもではない。戸惑いと緊張でいっぱいなのに、明らかな快楽を覚えている自分の感覚も恐ろしい。

「ひ！」

座敷おとこの長い指が忍の脚の間に伸びる。そっと摑まれゆっくりと扱《しご》かれて忍は跳ね起きた。唖然《あぜん》と自分の股間《こかん》を凝視する。信じがたいくらい欲情した忍の性器はすでに男の手の中で透明な蜜《みつ》を垂らしていた。男が手を動かすたび粘液《ねんえき》が粘つく音がする。忍が濡らしたものだった。

「なん……。何で……?」

呆然と忍は呟く。何で男にこんなことをされて、自分は欲情しているのだろう。

忍の恋愛体験といえば、大学時代、同級生の女の子と付き合ってキス止まりだった。しかもキスといってもこんな濃厚な接触ではなく、唇を合わせるだけの甘い思い出でしかなかった。男の経験などもちろんない。身体の中になど自分でも触れたことがないのに、いきなり指で弄《いじ》られてそんな反応をするなんて、自分の身体ではないようだ。

座敷おとこは忍のシャツの胸を広げ、剝き出しになった忍の乳首に舌を伸ばした。

「あ」

男の舌が触れた途端、ちりっと焼けたような感触がある。そのあと急にむず痒く腫《は》れた感触が襲ってきた。

たぶんこれだと忍は悟った。男の唾液《だえき》には粘膜《ねんまく》を溶かす何かが混じっている。

「あ。あ……いや……!」

男の舌に舐め上げられるのが怖かった。

うずうずと痒い場所を舐められると、舌が擦れている間だけほっとする。離れればまた痒くなり、男に舐められるのを待っている。捏《こ》ねられるように擦られると痒みが和《やわ》らぐ心地よさの陰で快楽がむくむくと育ってゆくのがわかった。

「アア！」

前歯で噛まれたときに、ようやく痒みから解放された感じがした。だが歯が開かれるとまた倍以上の痒みと熱が襲って忍は身悶《みもだ》えた。

「舐めてほしいか？」

囁きに頷くしかなかった。何でもいい、擦ってほしい。チカチカする痒みから逃れたい。こくこくと繰り返す忍が首を振ると、男は色づいた場所ぜんぶに噛みつき、扱くように先端まで歯で擦っていった。

「うあ。あ――……！」

隠しようもない快楽の声が上がった。握られていた男の手に、猛《たけ》った忍の肉を擦りつけていた。腰を振るたび、忍の中に差し込まれた指がくちゃくちゃと音を立てる。

混乱するばかりだ。どうしてこんなことになっているか忍にはもうわからない。ただ逃げたかった。両方の乳首で疼く快楽から、男の指を咥え込んでいる場所で痙攣《けいれん》している、辛《つら》い熱から。

不意に身体の中から指が抜かれて、忍は「あ」と声を上げた。絶頂は目の前だった。微《かす》かな空洞《くうどう》がひくひくと脈打って最後を待っている。空洞を再び埋められるのはすぐだった。指より大きなものが身体の芯《しん》に乗り込んでくる。圧倒的な質量と熱で忍の中を割り裂きながら。

「忍。……いい子だ、忍」

痒い乳首を捻《ひね》りながら、男が忍の中に入ってくる。ものすごい圧迫感で忍の中をひと息に満たしていった。

「あ、——あ。ああ。……う、あ。ああ!」

薄闇《うすやみ》に目を見張って声を上げるしかなかった。押し出されるように、大した絶頂感もなく下腹に射精した。自分が放った熱い雫《しずく》が、胃のあたりまでぱたぱた飛んでくる。

「うあ。あ。——や。あ……!」

痛みはないが、身体を割り広げながら何度も男が入ってくるのが感じられた。頭はぐらぐらだが、感覚はむしろ鮮明だ。広げられている。粘膜がぴったりと合わさったまま擦れ合っている。男がゆっくり腰を動かすたび、粘膜をずるずると擦れる肉の感触がダイレクトに脳に響く。

忍は溺《おぼ》れるように男に訴えた。

「や。やだ。……入ってる。嫌……!」

別の生きものが身体の奥底をゆっくりと前後していた。背骨に近い場所だ。そしてあの場所を擦っている。

「いや、だ。そんな」

「嫌ではないようだが」

男はまた膨《ふく》らみはじめた忍の蜜まみれの性器に指を絡めた。

驚きで萎《な》えかけていた忍の肉は、男が数回上下するだけで、すぐに元の硬さに戻ってしまう。粘つく水音がさっきとは比べものにならないくらい、静かな部屋に響いた。

「嫌、だ！　……そんなの。嫌——だ、俺、初めてで——！」

身体の芯から湧き起こる波のような感覚に、言い訳のような言葉を忍は出した。

自分が男にこんなふうにされてこんなに感じるなんて、あるわけがない。

夢だと思った。悪い夢の続きだ。ずっとずっと悪い夢を見ている。アルバイト中に母の容《よう》体《だい》が急変したと電話がかかったあのあたりから——。

忍は悲鳴のような嬌声《きょうせい》を上げた。吐息《といき》に塗《まみ》れて声が甘くなるのを忍は自分に許した。夢だから仕方がない。覚めるのを待つしかない。

すっかり摩擦《まさつ》のなくなった場所を、男はだんだん激しく擦りはじめた。乳首が真っ赤になるまで嚙まれ、涎《よだれ》を垂らしながら忍はそのあと三度も達した。最後は失神という有様だ。

絶対に夢だ。夢だから大丈夫だ。

そう思ったのが、忍の最後の記憶だ。

射精しすぎて下腹が痛い。こんな痛みは中学生の頃以来だろうか。

後ろは……少しひりひりとするが、熱く痺れているのが主で、痛みと言うと少し語弊《ごへい》がある。

いつの間にか目が開いていた。忍は朦朧と天井《てんじょう》を眺める形になっている。

煤《すす》けたような黒い天井板、剝き出しの梁《はり》は丸太の面影《おもかげ》が残っている。木の形のまま太いところと細いところが波打っていて、太さは細いところでもゆうに三十センチはありそうだ。

四角い和風のペンダントライト。紐《ひも》の部分が蛍光で、滲《にじ》んだ忍の視界の中で本物の蛍《ほたる》のようにゆらゆらしている。

ここはどこだろう。母と暮らした家の天井、ボロアパートの天井、病院の天井、次々とあちこちの天井を立て続けに見たものだから、ここがどこだか思い出せない。

久しぶりに布団でゆっくり身体を伸ばして眠った。

親戚に呼び出されて、……理不尽な苦情を言われ、父どころか祖父までもが人に迷惑をかけたと知らされ、そのあとアパートに帰って、貰ったはずの家に出かけた。そこには座敷おとこが住んでいて、祖父のことで言い合いになって——……？

ああやっぱり夢だったんだ。忍は自分の記憶の馬鹿馬鹿しさに安堵《あんど》した。不運すぎるし、オチが最悪だ。《座敷おとこ》なんて、夢にしたって適当すぎる。

「……」

泣きすぎて腫れぼったい目をぼんやり開けていると、布団の上を細長い生きものが走ってゆくのが見えた。

生きものは忍の身体の上を走り去ったあと枕許に戻ってきて、忍の顔を珍しそうに覗き込む。身体と鼻が茶色い。黒い隈取《くまど》り、丸い耳につぶらな黒い瞳。やっぱりフェレットだ。

フェレットは忍の顔に小さな手をかけて、忍の鼻のあたりを覗き込んではまた逃げてゆく。忍はフェレットが走っていった方向にゆっくりと首を動かした。フェレットは灯りのついた隣の部屋にいた。こたつに座っている座敷おとこの側で前足を上げて立っている。

座敷おとこはしみじみとした苦笑いでフェレットに話しかけた。

「すまないな、カワウソ。お前にも話したことがあるだろう？　操の……孫だそうだ。名前は忍」

座敷おとこだからフェレットと話せるのだろうか。

座敷おとこなんて馬鹿馬鹿しいと思うけれど、座敷おとこだと思わないと忍が男に抱かれて失神するほど悦《よ》がった理由が見つからない。彼が座敷おとこだというのを否定すれば、忍が男を咥え込んで初《しょ》っぱなから悦《よろこ》ぶような身体の持ち主だと認めなければならない。

そんな馬鹿な。まだめまいのように揺れている脳で忍は考えた。そんなこと、どちらも認められない。

忍は布団の中でじわじわと寝返りを打った。全身がギシギシ軋《きし》むのを頑張って捻った。身体を横にして、布団の中でおそるおそる手で自分の身体を確かめてみる。

何か柔らかい着物のようなものを着せられていた。手ざわりは浴衣《ゆかた》と違ってくったりとしている。胸の合わせ目から手を差し入れて、腹のあたりを撫でてみた。自分の精液でべとべとになったはずの腹はきれいに拭《ぬぐ》われていた。乳首はまだひりひりするが、先程のような泣き出したくなる痒みはない。身体は重かった。横たわっていても重みを感じるくらいだから立てばそうとうだろう。特に下半身が別人のような重さで鈍痛もするが、短い間動くくらいの力はある。

早くここを出なければ。疲れすぎてまた眠ってしまいそうな意識の中で、立てるかどうかと忍が思案している間も、座敷おとこの話し声は続いている。

「顔も声も操とそっくりだ。操が生きていたなら、カワウソだってきっとそう思ったに違いない」

座敷おとこはみかんを剝きながら、くるくる動くフェレットと話している。

これも夢なんだろうな、と忍は思った。

母の死後、いろんなことが起こりすぎて、眠るたびおかしな夢ばかりを見た。今日はその極めつけだ。

それにしても、不法侵入者に犯《おか》される夢とか最悪だ。目が覚めたら通報しないと――。

夢だと思うと、何だかよく眠れそうだった。

布団は暖かく、ここは静かだ。

「……ふふ、そうだろう？　操は笑顔が可愛《かわい》かった。忍はどうだろうな。まだ怒った顔しか見ていないが、笑うと可愛いと思うんだ」

フェレットがくるくるしていて、低く耳触りのいい男の声が聞こえる。

金が欲しいなら宝くじを買え、だって。馬鹿みたい。

忍はほとんど眠りに浸《ひた》りながら目を閉じて笑った。

くだらないが真理のようだ。つまり簡単に手に入る金なんてないってことだ。

そういえば財布の中に宝くじが入っていたなと忍は思った。レシートと一緒に重ねっぱなしだ。バイト先でみんなで金を出し合って三十枚買うことになって、その中から一枚貰ったものだった。

国営とかきれい事を言ったって、宝くじもつまりは賭《か》け事だ。賭け事に類するものに触るなんて本当はとっても嫌だったけれど、職場では気持ちよく働きたかったから付き合わざるをえなかった。

《俺は一攫千金《いっかくせんきん》を当てられる血筋なんだ》

そう喚《わめ》き散らしていた父の声を思い出す。

自分は父のようにはならない。ギャンブル漬《づ》け、挙げ句失踪で母を泣かせた父のようには自分はならない。

「あんなに誓《ちか》い合ったのに、――……操はやはり、俺を裏切ったのだな……」

悲しい声で呟く男のような人間を出さないために、無責任に金に他人の運命までをも任せるような男には決して ならない。

二度目に目が覚めても夢は醒《さ》めていなかった。

「ッ⁉」

天井から見覚えのある古い箱形の電灯がぶら下がっているのに、忍は布団を飛び起きた。

「——った、ぁ……っ……！」

腰が軋んで思わずうずくまる。

腰というか骨盤《こつばん》の中心が前後ろともなく痛む。本当にぎしっと音がするくらい骨が軋んだ。

「目が覚めたのか。夕餉《ゆうげ》は何にする？」

こたつの横にあるパソコンを操作していた座敷おとこが忍に訊いた。

テレビが消えていて、キーボードを叩く音がしている。机の端《はし》に丸められたみかんの皮、ジュースの缶《かん》。いかにも日常っぽいのに一気に目が覚めた。

やっぱりこれは現実だ。コイツは不法侵入者だ。

「ゆ、夕飯なんかいいよ、出ていけよ！」

腕だけで布団から這い出しながら、忍は男に言った。声が掠れている。声を出すと喉が痛い。

男はやや白けた視線で忍を見ている。

「出ていく理由がないな。約束もしただろう？」

「してないよ、何のだよ！」

「富をやると言った」

「ああ、宝くじね！　……って言うと思うか⁉」

と叫んだ拍子《ひょうし》に喉がイガイガとして咳き込んだ。

冗談にしたってまったく笑えない。何でこんな男と寝てしまったのか。魔が差したにしたってひどすぎる。一生後悔するような出来事だ。

「許さないからな！　出ていけ！」

訴えてやるという言葉は我慢した。「あんなに感じたくせに」と言われたら返す言葉がないからだ。

「忍に許される必要はない。操の分の謝罪は聞くが」

「気軽に名前を呼ぶな！　意味がわからねえよ！　とにかくな！」

男の布団で何を怒鳴ったってまったく説得力がない。忍はようやく布団から這い出し切ったところで上半身を起こし、畳に手をついて起き上がった。

「今日中にお前は出ていけ！　あとでもう一度来るからな！　それまでに――っ……⁉」

とにかく一旦家に帰って、気を取り直してから出直そうと思って立ち上がろうとしたら、そのままがっくり畳に崩《くず》れてしまった。

「……」

腰が抜けるとはこういうことなんだと、立てない自分を客観的に観察する。空腹や貧血でしゃがみ込むのとは違う、内股《うちもも》が震える。腰が砕けてまったく力が入らない。

呆然とする忍を男が不思議そうに眺めている。

もう何から考えていいかわからなくなって、そのまま畳にへたり込んでいると、また咳が出た。四《よ》つん這《ば》いのままごほごほ、と続けて咳き込む。息を吸うと喉の付け根のところで、ひゅう、と音がする。

「風邪《かぜ》か」

座敷おとこがこちらを見た。

それに何を答えるのも悔しくて、忍はまたそろそろと布団に入った。

打つ手がない気がした。横になって布団に潜り込むとまた咳が出る。

咳が続いた。喉の奥から糸で繋《つな》がった咳が引っ張り出されるようだった。

今、喘息を出したくない。気管を広げる携帯の吸入器が切れたが病院に行く金がない。熱があるような気もする。でもそれは男との行為のせいかもしれない。ここで動けなくなったら最悪だ。

「忍」

男が呼んだが無視した。現実が忍の思考のキャパシティーを超えている。今はこれ以上おかしな状況に対処するのは無理だ。

具合が悪いからか、この状況から逃げるためならいくらでも眠れそうだった。

忍が目を閉じると、すぐにいろんなことが瞼《まぶた》を過りはじめた。眠りの予感にほっとしながら、忍は走馬灯《そうまとう》のように渦《うず》巻く記憶に集中する。

棺《ひつぎ》の中の母の顔。彩度の低い色合いの住宅街とバス。トロフィーに結ばれていた色あせた紅白のリボン、湿った土と木の、古い家のにおい……。

回復を祈りながら忍は丸くなって目を閉じた。

次に目を開けると、部屋が真っ暗になっていた。

咳で目を覚ましたようだ。喉全体でぜいぜいひゅうひゅう音がしている。気管に、ストローに何重にも水の縞《しま》ができて、それが息をするたび上下にスライドしているようだ。咳でその水の縞を振り払うと一瞬楽だが、次にはもっと気道が狭《せば》まり息苦しさが増している。

……苦しい。

忍はぼんやりと闇を眺めた。喘息が出るたびいつもこうだ。高校生の頃はまだ母も元気で、時々具合を見にきてくれていたが、大学に上がってからは本当に一人だった。息ができなくなる恐怖に耐えながら一人で待つ夜明けは遠い。

喘息が一番苦しいのは夜明け前だ。明け方四時に差しかかるころが一番辛いと思うと、今からすっかり憂鬱になる。

「……？」

不快な汗が滲んだこめかみを誰かが撫でているのに気づいた。優しい指だ。触れるか触れないかの繊細《せんさい》さで、こめかみのうぶ毛を毛の流れに沿って撫でている。

母さんのはずはない。

あれも夢だったのではないかと、ぼんやりした期待を抱きながら目を開けて、忍はがっかりした。

布団の隣に座っているのは《座敷おとこ》だ。

窓の隙間から月光が差している。

深夜らしいのに座敷おとこは寝ないのだろうか。自分が布団を占領しているせいだろうか。

夢うつつで考えているとまた咳が出る。口を手で押さえながら、水っぽい呼吸の音を聞いていると、座敷おとこがまた髪を撫でた。

「操もよく、そんなふうに咳をしていた」

じいちゃんも喘息だったのか。

夢うつつの忍の脳裏に、祖父の布団の隣に一晩中座っている座敷おとこの姿が映る。

朝、目を覚ましても、咳は出続けて具合は悪かったが最悪と言うほどではなかった。本当にひどくなると酸素不足で見えない水に溺れるようになる。そこまで落ちずに済んだようだ。昨夜の容体でこんなに軽く済んだのは珍しい。忍は咳をしながらそろそろと布団の上に身体を起こした。

思ったほど具合は悪くなさそうだ。暖かい布団と、ぐっすり眠ったせいだろうか。骨盤は相変わらず痛い。でも昨日よりはいいようだった。

忍は布団が敷かれた部屋を見回した。障子で閉ざされていたが、部屋はすっかり明るい。小さな床の間のある畳敷きの部屋だった。部屋の隅に何か大きな木箱が置いてあると思ったものはテレビだ。四本足のブラウン管で回すタイプのチャンネルがついている。古いを越して骨董品《こっとうひん》の域だ。壁にかけられている日めくりカレンダーも今年のものとは思えない。数字の下の醤油屋《しょうゆや》のロゴがやけに古風だ。軍艦島《ぐんかんじま》の写真集でこんな部屋を見た記憶があった。この部屋だけを見ると何十年も前にタイムスリップをしたような錯覚《さっかく》がある。

物音に振り返ると、居間で朝のワイドショーを見ている座敷おとこがいる。

夢ではなかったんだな、と最早《もはや》受け入れるしかない現実を目《ま》の当たりにして、ようやく忍の中に諦めのようなものが湧いた。

身体が痛まないようにそろそろと起き出して、枕許に畳《たた》んであった自分の服に着替え、咳をしながら立ち上がる。

忍は隣の部屋に歩いていって、座敷おとこが座っているこたつに勝手に入った。

忍を見ている座敷おとこを横目に睨む。

「アンタ、名前は？」

あんなことまでしておきながら男の名前も聞いていない。妙に艶めいた色白の肌にイラッとするがそれも堪えることにした。

「お前たちが分類するところでは、座敷わら……」

「座敷おとこだろ」

「まあそれでもいいが。操は俺のことをノトと呼んでいた」

「ノト……？　名字が？　名前が？」

「俺たちには名字はない。ノトだ」

疑わしいが、とりあえず呼び方がわかったからいいことにした。断然話しやすい。

「ノトはじいちゃんとどういう関係？」

嘘でもいいが、とりあえず彼なりの設定を聞いておかなければ話が進まない。意思の疎通のために互いの立ち位置を認識するのは大切だ。

ノトは考え込みもせず、淡々とした口調ですぐに説明をする。

「俺はこの家の座敷わらしだった。操はこの家の子どもだった。操とずっと暮らす約束をしていたのに、操はある日突然出ていって、帰ってこなかった。それで終わりだ」

以上、と言いたげな簡潔ないきさつだが、大した説明になっていない。

「出ていった原因は？」

「俺と暮らして金を得たから、次は女が欲しくなったんだろう？」

と言ってノトは忍に意味ありげな視線を送ってきた。不思議な色の瞳で見つめられて、忍は軽く視線を逸らし、鼻の下を指で擦った。

「……まあ、そうみたいだけど」

忍の存在自体が、父と母、祖父と祖母が愛し合った証拠だ。もしもノトと祖父の間に約束があったとしたら、祖父はノトを裏切り、祖母と結婚したということになる。

「操が帰ってくると信じて、五十年待っていた結果がお前だ」

苦々しくノトは言う。

忍は少し考えて座敷おとこに尋ねた。

「ごめん、って言うべきかな」

「いや。昨日はついカッとなったが、俺を裏切ったのは操だ。忍が謝ることではない」

あの行動はいただけないが、案外いいヤツだと思った。自分の不運を父や祖父に押しつけようとしている自分より、心が広いかもしれない。

それはさておき、もう一つ確認しておかなければならないことがある。

「あのさ、ノト。ノトは俺と暮らすつもりなの？」

「そうなるな。約束しただろう」

念を押されて、忍はようやく笑った。よく考えれば面白い冗談だった。宝くじを当ててやるから俺と暮らせとか、もしそれがプロポーズの言葉なら百パーセント失敗する。初めから信頼させる気がないから詐欺にはならないかもしれない。かといって笑えるわけでもなかったが。

「まあ……とりあえず近々出てってもらう、ってことでいいかな」

誰も訪ねてこないのをいいことに、ノトはこの家でずいぶん長く暮したようだ。荷物を纏めるにも時間がかかるだろうから、今日明日は我慢してやろうと思っていた。もし忍がここに転がり込んでもノトに旨《うま》いところは少しもない。忍には金もなければ、価値のある品物など何も持っていない。金を稼《かせ》いでノトを養ってやれる職もない。本当に身一つだ。

「さあ、どうだろうな」

約束を避けて、ノトはため息をついた。

沈黙が訪れる。忍は部屋を見回した。

「ノトは普段、何をしてるんだ？」

「座敷わらし」

「仕事だよ」

「うん……？　家に人がいなかったから、……無職、だな。昨日まで」

「今日から座敷おとこに復帰ってことか？」

やっぱり変な冗談だ。笑っていいか不快に思えばいいのかよくわからない冗談は、扱いに困る。

人に富を与えないから座敷おとことしては無職か。それはいいとしても、実際彼はどうやって生計を立てているのだろう。居間にはテレビに電話、パソコンとこたつ。贅沢《ぜいたく》ではないが、一通り暮らせる品が揃っている。電気も止められていないということは、電力会社にちゃんと支払いをしているのだろう。

「なんかすごく充実した引きこもりっぷりだけど。これは？」

「座敷わらしは外に出ないのがデフォルトだから、引きこもるのは得意だ」

答えられてまた忍は笑った。今のは面白いが無職はいただけないと、思ったときふとパソコンに目がいった。何分割もされた画面に赤と緑の折れ線グラフがいっぱい並んでいる。

《東証《とうしょう》》《個別銘柄《こべつめいがら》》という単語が見える。

「……なんだ。トレーダーだったのか」

引きこもりで無職で生活できる理由はそこか、と忍は思った。外に出ず、パソコンの画面ばかりを見つめ、株の上がり下がりを渡り歩いて利益を得ながら生活する。それなら引きこもりでも一見無職に見えても不思議ではない。だからといってこの家に無断で住んでいい理由にはならない。

忍が聞くとノトはモニターを振り返った。

「株をやらないことはないが、儲かったためしがない」

「座敷わらしなんだろ？　見ていい？」

「どうぞ」

咳をしながら、忍はこたつを立つ。そういう職業があると聞いたことはあるが、実際のトレーダーには初めて会う。

モニターを覗くと、総利益は三千二百十一円とある。昨日と今日の利益は、マイナス二万六千百円と三十二円。

忍はおそるおそるノトを振り返った。

「……通帳に莫大《ばくだい》な金額が……とか？」

「座敷おとこの普通預金通帳か」

そうだ、そういう設定だった。

「今日で株もやめだ。今日から専業座敷おとこだからな」

「へ……へえ」

それってニートって言うんじゃないのかと思ったが、答えを聞いても辛くなるだけのような気がしたので、忍は何も言わなかった。

忍にはとにかく時間がない。親戚に会いに行った一昨日《おととい》から今日まで、新生活の準備に費やすべき貴重な三日間を無駄にしてしまった。

アパートを引き払う立ち会いの日が今日だった。掃除に当てるつもりだった三日間をこんなふうに過ごしてしまって、思うように掃除できなかったが、家具はほとんどなかったし、本来の解約日はとっくに過ぎていたから、それなりに引き払う用意はしていた。

友人の実家から軽トラックを借りた。ダンボール箱が四つ。それが忍の全財産だ。二箱が服、一箱がキッチン用品、一箱がその他だ。免許は持っているがペーパードライバーだった。怖々《こわごわ》と細い坂を走ってあの家に辿《たど》り着くと、ノトが玄関口で待っていた。

玄関前に荷物を降ろし、車を返しに行って、お礼に友人に定食屋の昼飯を奢《おご》る。友人は優しい男だったがそう親しいわけではなかったから、新しい住所も教えないままそこで別れた。

ノトに空き部屋はあるかと訊いたら、「操が使っていた部屋がある」と言う。案内してもらうと庭に面した、家で一番いい部屋だった。

大きな床《とこ》の間《ま》があり、桐《きり》の箪笥《たんす》が残っている。箪笥は古いが傷《いた》んでおらず、開けるとつんと樟脳《しょうのう》の香りがした。他に祖父を思わせるような品は何も残っていない。

閉めっぱなしになっていた雨戸を開け、風を通す。庭は草だらけだが、びっしり生えた雑草の海や、伸び放題の垣根も案外風情《ふぜい》があっていいものだ。

夏になったら蚊《か》がすごいだろう。人の丈《たけ》ほども伸びた雑草は手で抜けるものなのか、垣根は専用の庭鋏《にわばさみ》を買わなければならないのだろうかと考えながらダンボールのガムテープを剝《は》いだ。ノトは、衣類を簞笥にしまってくれている。忍はまず重要書類が入った雑貨の箱を開けた。

残高がゼロに近い通帳や奨学金の返済表を取り出しながら、小さな棚か抽《ひ》き出しが欲しいな、と思った。押し入れはあるが小物が不便だ。

調理器具はキッチンに置いてきた。この家のキッチンは居間の奥にある。古くて小さめだが、ちゃんとした和風のキッチンだ。ドラマで見るような「台所」という雰囲気だった。土間の竈を使っているのかと思ったから少しほっとした。あの雰囲気の台所なら、どこかにお菓子《かし》の空き缶などをしまっていないだろうか。そう思ったとき忍の膝の上を、するっとフェレットが駆け抜けていった。部屋の端まで行きすぎたところでこちらを振り返る。

明るいところで見るととてもきれいなフェレットだ。艶のある茶色の身体で、黒いビーズを塡めたような目が艶やかだ。流線型の体つきがぬいぐるみというにはぬるぬると素早くて、時々急に止まってこちらを確かめる様子が可愛いらしい。

忍は、丁寧に季節ごとに抽き出しを分けて服をしまってくれているノトに尋ねた。

「何でフェレットがいるの？」

座敷おとこを名乗るなら、ペットとしてミスマッチにもほどがある。しかも引きこもりのノトが、フェレットなんてどうやって手に入れたのだろう。ペットショップでフェレットを購入しているノトも想像できない。

「ああ、あれは《カワウソ》だ」

「ニホンカワウソって絶滅しただろ？　ずっと昔にどこかで模型を見たことがあるけど、これよりもっとずっと大きかった。水族館のは水槽《すいそう》にいるし」

というか、どこからどう見ても立派なフェレットだ。

ノトは、ははは、と軽く笑った。忍の服をしまうのが楽しそうだ。

「カワウソといっても動物のほうじゃない。妖怪の《カワウソ》だ。夜中に道を歩いていると、人の着物の裾《すそ》を引っ張ったり、行灯《あんどん》の火を吹き消したりする」

トレーナーの袖《そで》を広げてプリントの図柄を確認しながらノトが言うのに、忍は《カワウソ》を見た。

部屋の四隅を走り回っては急に止まってこちらを見ているあれは……やはりフェレットにしか見えない。

ノトはしんみりとした口調で説明を続けた。

「日本の近代化が進んで、河が少なくなって餌《えさ》がなかったんだろう。随分身体も小さくなっ

て、言葉も通じなくなっていてな」

「……」

そういうことにしておこうか、と思いつつ、腹を畳につけてにょろにょろと這い回ってい
るフェレ……いや、カワウソを見る。

ノトは今度はジーンズを畳んでいる。

「泳ぐところがないから、よく壁の袋に入って寝ていたり、鍋《なべ》つかみのミトンの中に入った
りするな」

それもやはりフェレットのようにしか思えない。忍は聞いてみることにした。

「……ちなみに、あのひといつ来たの」

一応妖怪扱いをしておいた。どう見たってフェレットにしか見えないが、もしもそれが三
十年も前の話なら立派なフェレット妖怪だ。

ノトは沈んだ口調で答えた。

「去年の暮れだ。首に赤いリボンを巻いて庭にやってきたところに再会した。久しぶりだと
言ったのに、ぜんぜん俺がわからないようで、それから一言も喋らない」

ノトの説明を聞いて、忍は確信した。

「やっぱりそれって、ただのフェレットだと思う」

もっと詳しく言えば、たぶんどこかから逃げ出した、迷いフェレットだ。

「ふぇれっと……？」

初めて聞く単語のように、ノトは忍に問い返した。

忍は再び気の毒な気持ちになりながら、目を逸《そ》らしながら呟いた。

「グーグル先生に聞いてみろよ」

リアルタイムで株価が見られる立派なパソコンがあるのだ。それにいくらノトの妄想がひどくとも、旧知とフェレットを勘違いしたままでは、ノトもフェレットもカワウソも、三人ともがかわいそうだった。


株の画面を閉じさせて画像検索をさせると、ノトは呆然とした。そして今は頭を抱えている。

「……いつまでも言葉が通じなくておかしいと思った」

「もっと早く原因を追求してやろうよ」

座敷おとこもかわいそうだが、いつまでも妖怪扱いされて話し相手にされていたフェレットも気の毒だ。

「――……そうか」

膝に上ってきたフェレットをノトは寂しそうに撫でた。

「お前も違うのか」

何も知らないフェレットは、ノトの膝の上に上がったり、また部屋の隅に行ったりしている。仲間だと思っていたのだろうか。妖怪の仲間なんているはずがないのだが、それにしたって寂しい思い込みだ。

またちょろっとノトの膝の上に戻ってきたフェレットを撫でながら、寂しい声でノトが言った。

「操の話を聞かせてくれ。俺を捨てて操が選んだ生活はどんなふうだった？」

「さあ……。知らないな。俺が生まれる前に亡くなってるから、名前くらいしか聞いたことがない」

「それじゃあ、名前を聞いたときの話を」

そんなことまで聞きたがるくらい、本当に祖父は突然ノトを捨てたのだろうか。

本当の、ノトと祖父との関係はどうなんだろう。隠し子とかそういうのだろうか、忍とノトにはぜんぜん似たところがないと思うのだが、もし赤の他人だとしたらノトがこんなに祖父に固執《こしつ》する理由がわからない。

他の可能性を探しながら、忍は自分が知る少ない祖父の情報を打ち明けることにした。

「じいちゃんの名前は操っていうんだって、父さんに聞いた。じいちゃんは一代で富を築いたって言ってたけど、何の仕事をしていたか、俺は知らない。俺が生まれた頃はまだ、じいちゃんの遺産が残ってたって言ってたけど父さんが一円残らず使ったらしい。……それだけしか知らない。じいちゃんの写真も見たことがない」

「父はどうした」

「ギャンブルに嵌まって、じいちゃんの遺産を全部使って……本当にそんなものあったかどうかわからないけど……病気の母さんと、俺を残していなくなったよ」

「忍は？」

ノトは心配そうに忍を見た。こんな話を聞かされれば当然か。忍はできるだけ明るい笑顔を作った。自慢できる暮らしぶりではないが真面目に生きてきたつもりだ。他人に憐れまれるのは違うと思う。

「まあ、貧乏な家庭でそこそこ順調に育ち、奨学金で大学に行って、今は無職。一昨日、遠縁って人から、この家を貰った」

「職がないのか」

「うん。喘息で就活時期を逃しちゃってさ。喘息っていったって季節的なものだから、その時期だけ薬で管理できればちゃんと働けるんだけど」

「なぜそのとき病院に行かなかったんだ？」

「金がなかったんだ。丁度就活でバイトも減らしちゃってて」

たまたま運が悪かった。いつもは病院に行く金くらい何とかなっていたのに、就職シーズンに差しかかり、面接準備のためにバイトを減らしてその分夜中まで準備に没頭していたら、風邪をきっかけに喘息が出てしまって準備もバイトもできなくなった。

忍は咳をした。ぜいぜいという音はしなくなっているが、まだ咳ががらがらしている。

母が言うには小児喘息を引っ張ってしまったということらしい。父のせいで金がなく、医者に勧められた治療を忍に受けさせてやれなかったと忍が喘息で寝付くたび、母が申し訳なさそうに枕辺で呟いていた。

湿っぽくなったが話はこれで終わりだ。隠すことはないが、特別語らなければならない出来事もない。

「そろそろ夕飯の買い物に行かなきゃ。俺は自分で買うけど、お金ないからノトの分は買えないかもしれない」

不法侵入者に食わせる義理はないのだが、布団を貸してもらったし、このこたつもノトのものだ。引っ越しの荷物の片づけも手伝ってもらった。

じっと忍を見つめていたノトは、軽く首を傾げながら忍に顔を近づけた。何だろう、と思っていると、ちゅっと音を立てて唇を吸ってゆく。

「わ、ああ⁉」

「昨日食べたからもういい」

慌てる忍に、にやりとノトが笑う。

「久しぶりにおいしかったよ」

「う、うるさい。あれで腹が膨れるわけないだろ⁉　次にあんなことしたら、今度こそ警察に訴えるんだからな！」

袖で唇を拭いながら忍はこたつから這い出す。

「買い物に行ってくる」

片づきかけた部屋に戻り、財布を取り出してこたつの部屋を出た。ノトは笑いながらこたつから忍を見送っている。

坂の下に小さなスーパーがあったはずだ。

木の引き戸をがたがたと開き、草まみれの庭に出る。外の光がぱっと目映《まばゆ》い。忍は思わず目許に手を翳《かざ》した。曇《くも》り空だが家の中とは格段に光の量が違う。

門のところから振り返って改めて家を眺めると、やはり《古い》という印象が何よりも先立つ。ざっくりと切り落とされた茅ぶき屋根の端が、市松人形《いちまつにんぎょう》のおかっぱの毛先のようだ。屋根はいかにも重そうで、茅の重みで潰《つぶ》れてしまいそうな気がして怖くなるが、何となくここに来た日よりはしっかりして見えた。自分の家の贔屓目《ひいきめ》かもしれない。人とは現金なものだ。

坂を下るとスーパーというよりマーケットと呼んだほうがよさそうな規模の店があった。

近隣の住民はそこで買い物をしているらしい。店内のそこここで女性が立ち話をしていて、彼女たちは忍が通りかかると立ち話をやめて忍を見るのだった。よそ者が珍しいようだ。

総菜のコーナーで白ご飯と、半額になった煮付《につ》けを買った。あと三割引の食パンを一袋。

そういえばノトは食事をどうしているのだろう。考えてあの家に火の気配がないのに忍は気づいた。キッチンはあったが食品がまったくなかった。こたつも布団がかけてあるだけでスイッチは入っていなかった。寒さも峠《とうげ》は越したからつけていなかっただけかもしれない。でも食品のなさは奇妙すぎる。

狐《きつね》につままれながら過ごしているみたいだ。何だかちょっと《座敷おとこ》というのを信じそうになっている自分に、忍は苦笑いをする。

レジの女性にじろじろ見られながら金を払い、エコバッグに三つだけ品物を入れて店を出る。レシートをしまうとき、財布の札入れのところに指をかけて中を確かめた。残金、千円ちょっと。携帯電話もそろそろ止められる頃だ。

本当に住居だけでも貰えて助かったと思いながら、忍はマーケットに併設されている花屋の前を通りすぎて細い舗装《ほそう》道路を歩いた。

マーケットの周りは、人口の少ない中から活気を振《ふ》り絞《しぼ》ったような小さな商店街だ。個人の本屋があり、小振りなパチンコ屋がある。シャッターの前にコンテナをいっぱい積み上げた酒屋と美容室。弁当屋。

弁当屋の店頭に、ガラスケースに入ったメニューの蠟《ろう》見本が飾られている。珍しいなと眺めながら忍が前を横切ると、向こうの方に《本日大安大吉！》と書かれた赤い幟《のぼり》が何本も立っているのが見えた。

赤い的と矢の看板。別の幟には《サマージャンボ！　六億円》と書いてある。プレハブの小さな小屋だ。宝くじ屋らしい。

こんな辺鄙《へんぴ》なところにまで宝くじ屋があることに感心しながら、忍は財布の中の一枚のことを思い出した。ただの紙切れと思いながらも何となく捨てられなかったものだ。たった一枚きり買ったたって当たるはずなどないのだが、さんざん悲運が続いたあとだ。三千円くらい当たってもいいのではないか。ハズレならここで捨ててもらえばすっきりしそうだ。

忍はプレハブの窓口に近寄った。中には年配の女性がいて、「いらっしゃい」と言った。

「すみません、当選番号を教えてもらいたいんですが」

忍が訊くと、「クジを見せてください」と事務的な口調で女性が手を出す。

財布から取り出してクジを渡すと、女性はクジをレジスターのような機械に挟んだ。てっきり新聞などと付け合わせるのかと思っていたが、今はそんなふうにして当選番号を調べるのか。バーコードか何かを読んでいるのかもしれない。忍が出したのは一枚きりだったが、一度にたくさん調べられるのだろうな、と思いながら機械を眺めていると、女性ががたん、と音を立てて椅子《いす》から立ち上がった。女性は目を見開いて忍を凝視する。

「おっ、おめでとうございます。アタリ。アタリよ！」

そう言って、窓のところに置いてあった大きなベルを握り、からんからん！　と鳴らす。

「えっ？　何。あの、そういうの、困ります！」

防犯ベルのようにあたりに響くベルの音に、忍が周りを見ながら慌てふためいて窓口に飛びつくと、女性は小さなクリアファイルに宝くじを挟んで返してくれた。

「一等の前賞、一億円！　おめでとう！　握手をさせてください！」

「あ、ああ。はあ……はい」

幸運にあやかろうとするように、遠慮がない力で両手で縋られて、忍は訳がわからないまま女性と握手をする。

女性は説明書らしき紙を忍に差し出しながら、興奮気味に言った。

「これを持って、銀行に行ってね！　そこの地銀では換金できないから、橋の向こうの街があるでしょう。そこのＵＳＪ銀行に持っていってください。お金が出ますから」

「は……はあ」

お金が出るとは、当選賞金をくれるということだろうか。

「落とさないようにね、よかったわね。ご両親はいるの？　これはあなたのクジなの？」

「あ……あの両親は、……その」

「親孝行してあげてね！　よかったわね、車も買えるわね！」

「あ、はい。……ありがとうございます」

勝手に金の使い道を決められて戸惑う忍の目の前で、女性は何やら赤い縁の紙に「当店から一等の前賞が出ました！」と書きはじめている。ここで買ったわけじゃないんだけど、と思いながら「お世話になりました」と呟いて、忍はそろそろと店の前を離れた。

クリアファイルに挟まれた折れ跡のあるチケットを眺める。

この紙が、一等の前賞。――一億円……？

そんな馬鹿な。と思いながら、忍は自分の頬を抓《つね》ってみる。「痛い」と思うところまでが夢かもしれない。

何で。本当だろうか。たった一枚きりしか買っていないのにそれがピンポイントで一億など、当たるものだろうか。こんなに簡単に一億円を手に入れていいのだろうか。間違いかもしれない。嘘かもしれない。しかし彼女が自分に嘘をついて何の得があるのか。でもこんな……。

停止しそうな脳で考えているとふと、昨夜のノトの声が耳に蘇った。

――お前の身体と引き替えに百万の富をやろう――。

――宝くじ買ってこい。ロトとか。

まさか、と思いながらも足が勝手に家の方向に向かっていた。角を曲がるときには駆け出していた。

そんなことあるはずがない。座敷おとこなんて——妖怪なんて、存在するはずがない。坂を駆け上がって、左右から垣根の枝がしなだれかかる門に飛び込む。木戸に手をついてゼイゼイしながらごほごほと思い切り咳き込んだ。走るんじゃなかった。だが嫌な予感がする。確かめておかねばならない。妖怪のようにノトが消えてしまう前に。

「なあ！」

と奥に叫ぶとまた咳が出る。

表で咳き込んだのが聞こえたのか、丁度ノトが奥から出てくるところだった。咳き込んで声が出ずに、そのままふらふらと上がり口のところまで歩いていって、忍はクリアファイルを上がり口の板に叩きつけた。

「一億円……ッ！」

そう叫んでまた咳き込む。ごほごほ、と上がり口にうずくまる忍を立ったまま眺め下ろしながら、座敷おとこ——ノトは腕組みをした。

「まあ、ブランクがあるからそんなところか」

と言って、忍の目の前にしゃがむ。ノトはファイルを見下ろした。

「ふうん。一点張りか。なかなか慎ましくていいな。来年は三枚買え。前後賞合わせて七億だ」

何で座敷おとこがそんな宝くじの賞金に詳しいのかと思うが、ノトはワイドショー通だ。

「こ、こんなの嘘だろ？　なんかそういうドッキリなんじゃないのか？」

最近は芸能人だけでなく、一般人にイタズラをしかけて反応を見る番組がある。そうとしか考えられない。宝くじを当ててやると言われた翌日、一枚きりのクジが一億円になるなど信じられない。

ノトは面白いものを見るような顔で笑っている。

「富をやると言っただろう。金がいるなら必要なほどクジを買え。競馬でも競輪でもいい。大穴に賭けろ、当ててやる。俺の可愛い忍」

ノトは身体を傾げて忍の頬にキスをする。

「やめろよ……！」

腕を突っ張って押し返そうとするとまた咳が出た。ノトは忍の腕を引き上げる。靴を脱いだ忍が畳の部屋に這い入ると、そのまま静かに忍を畳に倒し、ノトは、咳の間に舌先が触れるだけの短いキスをした。

「喘息は治してやれない。宝くじの金で病院へ行け。受けたい治療があれば受けろ。高い薬があるなら買えばいい。金なら使い切れないくらい与えてやる」

「待てよ。たまたまだよ、こんなの。言霊《ことだま》ってあるじゃん。そういうのが働いただけで、ノトが座敷おとこだなんて本気で信用してるわけじゃない。だってこれは俺が買った宝くじだ、ノトは何にもしてないだろう？」

言霊とか言い出すあたりで、自分のオカルトレベルがどんどん上がっているのがわかる。

だがたまたまそういうことを口にして、たまたま宝くじが当たっただけだ。実際ノトは「当ててやる」と言っただけで何もしていない。

「ああ。俺が忍にやれるのは金運と富だけだ。昨日は本当に旨かった」

と言って舌なめずりをする。

「そういうのやめろって」

本当に忍の生気を吸ったようにノトの頬は昨日より明らかに血色がある。憎らしいと思ってノトを見ると、ノトにキスをされた途端、身体の力が抜け落ちるような感覚を思い出した。

あれはノトに生気を喰《く》われたということだろうか――？

そんな、妖怪じゃあるまいし、と、呆然とノトを見上げたとき、不意に玄関口で男の声がした。

「山南さぁん。山南さんはいらっしゃいますか！」

大きな声で呼んで、玄関の戸を叩いている。

がたがたと戸を開けて、中に入ってくるのは白髪交じりの男が三人だ。一人はスーツ、二人は作業着のようなものを着ている。

「ごめんください、山南さんはいらっしゃいますか」

手にバインダーを持って男たちは家の中を見回しながら入ってきた。彼らはまっすぐ忍だけを見つめて尋ねてきた。

「山南さんですか？」

「は……はい。そうですが」

「ああよかった」

バインダーを持っているスーツの老人は破顔した。

「昔ここに住んでいた山南さんのご親族の方？」

「え、ええまあ」

「もうここは何十年もずっとお留守《るす》だったでしょう。家の持ち主さんを探そうと思ったところに、丁度、軽トラックが出入りするのが見えて、そこの戸も開いているようだったから」

「はあ……」

忍は答えて横目でノトに視線をやるが、誰もそちらを見ない。留守といってもずっとノトが住んでいたはずだ。今も、彼らには隣で腕組みをしているノトが見えていないのだろうか。

「儂《わし》は、この地区の、農事組合法人の会長をやっとります、鈴木《すずき》と言います」

「はい」

「この家の裏のほうにみかん畑があるんですが、そこから昨日、地質調査で何か出たらしくて」

別の男が首を傾げながら口添えする。

「金《きん》……じゃないけど、レアなんとかっていう石が」

「レア……メタル……？」

「そうそう、それそれ」

と後ろの男が答える。

「みかん畑は地区の持ちものですから、おたくにも利権が発生する予定です。地区の人には今日の六時からみんなで立ち会いをしてもらって、終わったら同意書と口座の登録をお願いしたいと思って」

「……こんなところから、レアメタル……？」

タングステンとかバナジウムとか。原産国はロシアや中国に偏《かたよ》っていると聞いていた。日本近海の海底で発見されたとかされないとかいうニュースを見たことはあるが、うちの裏の畑で？

「ええ。本当に珍しいことだって、学者さんが言ってました。奇跡だとか何とか」

「本当に運よく引っ越してきたね」

よかったな、と言いたげに、親しげにスーツの男は忍の腕を軽く叩くけれど、そんなことがあっていいのだろうか。

呆然とする忍の膝に、奥から出てきたフェレットがひゅっと上ってきた。作業着の男が声を上げる。

「おっ。兄ちゃん、イタチを飼ってるのかい？」

「逃げたら悪いよ。早く戸を閉めて」

もう一人の作業着の男が急いで戸口を閉めに行く。フェレットは見えているようなのに、彼らには本当にノトが見えていないのだ。

とにかく今日の夕方六時にみかん畑に集合ということになった。聞いた話では、安く見積もっても年金よりはたくさん分配金が貰えるだろうということらしい。

去っていく彼らをぼんやり見送る忍の背後で、ノトが腕組みのまま呟く。

「なかなか勘が戻らないな。そのうちこの家の真下からも何か出るだろう」

「……本当に……？」

ノトは座敷おとこなのだろうか。

いやいや、と、忍は大きく揺らぐ自分の理性を必死で支えながら、家の中に上がり込んだ。

たかが偶然一億円の宝くじが当たっただけだ、たまたますぐ近所でレアメタルが発掘されただけだった。そんなことくらいで座敷おとこが本当にいるなんて、認められない。

「……」

とにかく何か否定材料が欲しくて、なぜか電子レンジの価格比較表が出ていたパソコンのモニターの前に忍は座った。見慣れたバナーを押すと国内最大WEBショッピングサイトのTOPに行く。そうだこれだ、と思いながら、ラッキーくじのバナーをクリックしてみる。

賑《にぎ》やかしいエフェクトと共に、紙吹雪《かみふぶき》の中から出てきたクマが持っていたのは《大当たり》のプラカードだ。当選本数一日一本。ポイント一万円プレゼント――。

「……ノト、本当に座敷おとこなの……?」

こんなものに説得される自分を儚《はかな》く思いながら、忍はデスクに頭を抱えた姿勢で、背後のノトに問いかけた。

「まあ、昔は座敷わらしと呼ばれていたが」

ノトは、忍が認めるのを待ちくたびれたような声で、少し面倒くさそうに答えた。


パックの白飯《しろめし》に、ゴボウと人参《にんじん》とこんにゃくの煮付け。一億円が当選したと思えないような質素なメニューだ。冷えたご飯をパックのまま左手に持って、煮付けをおかずに忍は夕食を取っていた。

銀行に行けば換金してくれるというけれど、手続きに行くのはしばらく考えてみることにした。忍自身は不正をしていないが、宝くじを座敷おとこに当ててもらったというのはやはりどう考えたって不正だと思う。不正といっても妖怪に当選させてもらったのがどう不正なのか忍にもよくわからない。タネがわからないからどこからどこまでが忍のせいになるかは判断できなかった。妖怪がらみだ。当選番号が出たのも忍がクジを受け取ったのもノトと出会う前だ。たぶん法律違反ではないと思うが、限りなく詐欺に近い――。と思いながら人参を齧《かじ》って、目の前に座っているノトを見た。

「……本当に食べないの？」

食事姿をじっと見られていると居心地が悪い。ノトに分け与えられるほどの分量はないが、目の前に人がいるのに自分だけで食べるのは生理的に許しがたい。一応ノトにも「半分食うか？」とは勧めてみた。ノトが「飯は基本的に食べない」と言うのを信じてもいいのだろうか。

「食べようと思えば食べられるんだが、今のところ、久しぶりのご馳走《ちそう》で腹いっぱいだ」

「わかったからそういう言い方はやめろって」

ノトが言うには、座敷わらしは家に住む人の生気で腹を満たすということだ。

この家から人がいなくなって、約五十年。座敷わらしは通常、家の住人が生活する生気が摂取できれば十分らしいのだが、長年飢えていたノトは、忍の身体で直接生気を充塡《じゅうてん》したらしい。

「可愛がるから。忍」

「そういうのもやめろ」

家主を好きになるほど金運は上がるらしい。座敷わらしにもやる気というものがあって、意欲がそのまま金運の威力に反映されるらしかった。ノトが言うのもそういう意味だが、低い、だが刺《とげ》のない優しい声でくすぐるように囁かれると、何だかいやらしい雰囲気を感じてしまう。

ノトの視線の中で、何だか居心地悪く人参を口に押し込んでいると、さっきまで眠っていたフェレットが忍の膝に上がってきた。

「カワウソは何を食べるの？」

名前を知らない妖怪同士は、種類を呼び合うということらしかった。だからこのフェレットは《カワウソ》だ。

ノトは名乗らなければ《山南家にいる座敷わらし》と呼ばれ、名乗れば《座敷わらしのノト》と呼ばれるようになるらしい。妖怪同士、余程親しくならなければ名前を呼び合うことはなく、フェレットは名前を名乗らなかったから、ノトに《カワウソ》と呼ばれていたということだった。カワウソがノトのことを《ノト》と呼んでいるか《山南家にいる座敷おとこ》と呼んでいるかは、カワウソがこの通りだから謎《なぞ》のままである。……たぶん、この先もずっと。

「キャットフードだ。昔は魚ばかりを食べていたのに、好みが変わったものだと思っていたら……」

「もうちょっと早く気がついてあげて」

悲しそうに言うノトを柔らかく非難してみた。たまたま食べられたからよかったものの、カワウソも随分苦労しただろう。

「ノトは、買い物に行けるの？」

そういえばカワウソの茶碗《ちゃわん》らしきものの隣にキャットフードの袋がある。引きこもりのノトが、どこかに買いに行ったのだろうか。

「……まあ、あと数回くらいはな」

「どういうこと？」

言葉を濁《にご》したノトは、それ以上何も言わなかった。忍はため息をついた。

「あとでフェレットフードを買いに行ってやるよ。財布の残金で買える値段だったら、だけど」

食費さえ惜《お》しいけれど、フェレットのくせに何ヶ月もキャットフードで過ごしてきたカワウソが痛ましい。

もう少しノトに、この家での生活のことを訊かなければならないようだ。

「ガスは？」

調理はできないと言われた。

「ない」

「水は？」

「俺には必要ないが井戸がある。カワウソは雨水だ」

縁側に濾過器《ろかき》がついた青いタンクがある。あれのことだろう。

「水と食糧《しょくりょう》は必要がない。人間のようには暮らさないから」

「ふ……風呂《ふろ》は？」

布団でのことを思い出すが、ノトからは不潔なにおいはしなかった。むしろ不思議な甘い匂いが部屋いっぱいに漂《ただよ》って、香水かと思ったくらいだ。

「入れないこともないが、基本的に必要ないな。汚れは生気できれいになるし、水は飲まない。飯もいらない。気温は何度でも平気」

言われてみれば、出会った直後よりノトはきれいなような気がした。本当の引きこもりのようにやつれた様子が消え、パソコンの使いすぎで隈ができているのかと思っていた目許も、今は普通の肌色で張りがある。気のせいか若干若返った気もする。

「じゃあ……電気は？」

何だか嫌な予感がしながら、忍は割《わ》り箸《ばし》の動きを止めてノトを見た。

水道ガスは使わないとして、部屋には電気が灯《とも》っているしパソコンも動いている。

「電気は貰っている」

やはり、と忍はゾッとした。座敷おとこが電力会社と契約しているとは思えないから、使っているとなると違法の手段で電気を引いているのだ。

「……どこから？」

あとでこの家から正当な電線に伸びる線を見つけて、切ってこなければならない。ペンチで切っても感電しないものだろうか。電力会社に正直に話して解いてもらったほうがいいのだろうか。でも何て？　座敷おとこが勝手に電線から違法の電気を分けてもらっていました、と？

「ご近所の情けを受けているんだ」

「やっぱり……ッ！」

「まあ聞け。雷神《らいじん》と人の子が近くに住んでいてな。放電しないと漏電《ろうでん》するらしくて、そいつを無料で分けてもらっている。病気になると停電するが許容範囲だ。ちなみにネットは女郎《じょろう》蜘蛛《ぐも》。趣味でローカルケーブルをやってる。旦那《だんな》が人間だから、大元とは普通に契約してると思う。二十年くらい前は雪女も近くに住んでたんだが、温暖化で東の方に引っ越したよ」

妙に生活感のあるおとぎ話を聞かされている気分だ。

ありえないけど、と、思いながら忍はテーブルの隅に置いてある宝くじに視線をやった。

何とか否定したいと思うのに、どんどん妖怪がわの常識を受け入れてしまって、共生する方向で調整しはじめている自分がいる。

夕方、レアメタル掘削《くっさく》の立ち会いに行った。耳に馴染《なじ》みのない金属が発掘されたとかで、このあと研究機関がやってきて、本格的に調査となるだろうと言っていた。近日中にこのみかん畑の周りには柵《さく》が設けられて、工事機械が出入りするから了承してほしいということだ。

レアメタルなんか本当にタナボタどころか、土からレアメタルだ。そんなもの欲しくはないが、研究機関の偉《えら》い人がやってきて、ノトを見つけられるのではないかと思うとそちらのほうが落ち着かなかった。そしてみかん畑に集まった二十人ほどいる近隣住民の中に、雷神の子どもや女郎蜘蛛が交じっているかもしれないことも気にかかる。説明を聞いている間、住民を見回したが見かけではわからなかった。高齢者が多い地区だという印象だった。

説明が長引いて身体を冷やしたせいか、立ち会いが終わる頃にはまた咳がひどくなっていた。帰宅すると、井戸水と薪《まき》でノトが風呂を沸《わ》かしてくれていた。温かい湯が文字通り身に染みるようだった。湯船の中でホッとしたらなぜか涙が零れた。眠る布団があって屋根がある。起きたら口を利く人がいる。ただそれだけのことにひどく安堵する。

上がってパジャマに着替えると、グラスを持ったノトが待ち構えていた。

「水だ。薬は？」

「今、切れてる。大丈夫だ、横になるから」

「病院に行け」

「お金がないよ」

「宝くじの金があるだろう。急ぐならロトにしろ。一発だ」

「いや、そういうんじゃなくて、使っていいお金かどうか、悩んでるだけだから」

犯罪性はないがやはりおかしい。宝くじの賞金とはいえ、ノトが関わっているのがわかった今、それは清廉潔白《せいれんけっぱく》なラッキーで得た金はない。その金は、忍の生活の対価に与えられた金ではない。忍が働いたわけでも、何かを提供したわけでも、何かを売り渡したわけでもない。忍の人生に関わりのない金を与えられても納得がいかない。そんな金を使っていいかどうか。どちらかといえば使ってはいけないと、半ば心は答えを出している。

「クジが嫌なら散歩に行け。財布が落ちているだろう」

「落ちてたら届けるよ。何だかね……」

座敷おとこにとって富というのは雑草とか雨のような完全に自然発生の認識らしい。まったく善意の座敷おとこにどう説明していいか悩みながら忍は続けた。もしも、もしも自分が座敷おとこが与えてくれる金を受け入れたら、どうなるか。

忍は納得がいかなそうな顔をしているノトを見た。

「あぶく銭《ぜに》、って分かる？」

「わかる。あぶくでけっこう。どんどん使えばいい。俺はいくらでも与えてやれる」

「そういうんじゃなくてさ」

身につかない金に浮かれて、身を滅ぼした男とその家族の話だ。最たるモデルケースが厳然と今ここにあるのだが、今は座敷わらしに語ってやれる気力がない。

「ごめん……今日は休んでいい？　また布団、借りることになるけど」

春先の転居を見込んで忍の布団はだいぶん前に始末してしまった。それ以降はずっと薄い寝袋だ。母の容体が悪化して転居もできなくなって、結局一冬それで過ごしてしまった。ノトに頼りたくないのだが、二ヶ月以上も寝袋生活が続くと、布団の魅力が大きく見える。

「ああ」

ノトは、くどくど説明を求めずに寝室に通してくれた。

二度電気の紐を引っ張って、ノトは豆球にした。

布団に入ると、ノトも隣に入ってくる。

咳き込むと背中をさすられた。座敷おとこだというが、ノトにはちゃんと体温があって鼓《こ》動《どう》も聞こえた。

静かにしていると、じんわりとノトと自分の間に甘い香りが溜まってくる。ノトが欲情を堪えているのが何となくわかった。でも背中を撫でてくる以外は触れてこようとしない。具合の悪い忍を労《いたわ》ってくれているのだろう。

「……ノトの話、して？」

おとぎ話をねだる子どものように、ノトの体温に包まれながら忍は問いかけた。自分のことばかりノトに喋ってきたけれど、ノトのことはまだ詳しく聞いていない。

「そうだな……。どこから話すか。座敷わらしだった頃か」

忍の背中を撫でながら囁くノトの声は温かい。

「うん。座敷わらしって男だったんだな。絵本にはおかっぱの絵が多いから、女の子かと思ってた」

「女もいるが、一軒に一人住み着くから、仲間はもう何十年と見ていないな」

「ノトは何歳?」

「九十歳くらい」

ふと笑いが込み上げた。水っぽい咳をしながら忍は笑った。

「やっぱり九十歳でわらしはないよな」

「まあな。三百歳のわらしもいるが」

――どういうことだろう。何となく、この間もこんな引っかかり方をした気がするが思い出せない。

「昔……そうだ、六十年くらい前、俺が住んでいた屋敷に、子どもの操がやってきた」

「その頃、ノトはわらしだったの?」

「ああ。絵に描いたような座敷わらしだった」

「見てみたかったな。おかっぱ?」

「あの頃は、座敷わらしがおかっぱなのではなくて、子どもがみんなおかっぱだっただけだ。俺もそうだった」

子どもの頃のノト。可愛かっただろうと思ったが、ノトのおかっぱ頭を想像して噴き出した。そのまま咳き込む。ノトは怒りもせずに、忍の咳が治まるのを待っていた。

忍は、咳を堪えながら尋ねる。

「その頃ノトは三十歳くらいか。三十歳はまだわらしなの？」

人間なら片足を勢いよくオヤジに突っ込んだ年齢だ。

「言っただろう。三百歳のわらしもいる」

また忍の胸に疑問が過る。

じゃあ座敷わらしのわらしは何歳までなのだろう。なぜノトはわらしじゃなくなったのだろう。

忍が問う前に、ノトが話の続きをはじめた。

「操が子どもの頃に、操と出会って、仲よくなったんだ」

子どもの頃の祖父と子どもの頃のノトだ。六十年前のおとぎ話。今、片方はここに大人の姿で横たわっている。

「ノトのことを知ってたのは、じいちゃんだけ？」

「そうだ。操の家族に見つかったことはなかった。俺が見えるのは操だけで」

「ふうん……」

昼間のような感じなのだろう。忍はこうしてノトに触れられるが、客人たちには見えなかった。

「俺は操が好きだった。随分贅沢をさせたものだ。まあ、ほとんどの金は操の親が使ったが、

家が裕福になると自然に操もいい暮らしができる」

　何となく嫌な予感がした。

「……だからじいちゃん、金持ちだったのか……」

「ああ。全身全霊を込めて可愛がったからな」

やたらに金運がよかったという祖父。祖父の職業も、資産の出所も不明のままだった。だがノトがこの調子で、祖父に富を与えまくったとしたら当然だ。《俺は一攫千金を当てられる血筋なんだ》と勘違いをした父の言葉もわかる気がする。昼間忍が体感したことだ。自分は指一本動かしていないのに、とんでもない桁《けた》の金が易々《やすやす》と転がり込んでくる。

　それは一旦置いておくことにする。

「じいちゃんって、どんな人だった？　会ったことがないんだ」

　親戚に会うまで存在もうやむやだった人だ。

「操か」

「うん。父さんと母さんは駆け落ちでさ。親戚にもこないだ初めて会ったんだ。じいちゃんも父さんも親戚にひどいことばかりしてたみたいで、せっかく初めて会う親戚だったのに、居たたまれないことばかりだった。そこでも俺はじいちゃんと顔が似てるって言われたよ。ノトも俺をじいちゃんと間違えただろう？　本当に似てる？」

「ああ。顔はそっくりだ」

そう言って、ノトは確かめるように忍の頬を手のひらで包むようにして撫でた。

「声も似ている。喋り方は、もう少し操のほうが落ち着いていた。喘息なところも同じだ。

俺はよく操の看病もした」

「そうか。ありがとう……って、俺もか」

忍が言うと、ノトが微笑《ほほえ》む気配がした。ノトは続けた。

「操は明るい性格だったな。のんびり屋で、ぽやんとしてて、寂しがり屋で。でも優しかった。随分一緒に遊んだな……」

「何をして？」

「かくれんぼだ。座敷わらしにとって、かくれんぼがライフワークだからな」

「大げさ」

「本当だ。操はかくれんぼが人並み外れて上手かった」

「見つからないの？」

「見つけるのがだ」

「ノト、座敷わらしの面目丸潰れじゃん」

かくれんぼで人間に負ける座敷わらしはかなり駄目だと思う。

「まったくだ」

忍が笑うとノトも笑った。

「操が大人になる頃、俺も随分身体が大きくなっていた。その頃には操と俺は慕い合っていた。幾晩も寄り添って過ごし、この世で操を一番信用していた。ある日、操に何度も頼み込んで、操を抱く約束をした。その数日後、操はいなくなった」

「それは……」

「三日ほど、留守にするとは聞いていた。帰ってきたら約束を果たすと、操は俺と指切りをした」

忍の小指に、たぶん祖父としたように小指を絡めながらノトは囁いた。

「そう言い残していなくなった」

ノトの思い出話は突然そこでおしまいだった。ノト自身が体験した突然さと同じだ。

「……何て言うか、うちのじいちゃんが……ごめん」

金を与えてもらい、恋人のように抱かれる約束をして、指切りまでしておきながら祖父はノトを捨てたのだ。ノトの話を聞く限りとんでもなくひどい男だ。ノトが怒っても当然だと思う。もしかして祖父に事情があったのでは、と少しだけ忍は思っていたが、父を見る限りそうとも言い切れない。

ため息をついたあとのノトの声はまったく穏やかだった。

「俺に抱かれるのが嫌だったんだろう。口では何とでも言える」

「それは本当にじいちゃんなの？　あんまり考えられないけど……俺の父とかじゃなくて？」

ノトがもし座敷わらしでない可能性があるなら、年齢的に祖父よりは父のほうが現実感がある。それでも年齢にかなり無理があるが、まあ……せいぜい三十歳手前にしか見えないノトが九十歳だと言うのなら、どっちでもかまわないのか。

「違うな。実はお前の父も見たことがある」

「嘘」

「本当だ。ある日突然この家を見に来たんだ。忍を見るまで信じられなかったが、操の息子だと言っていた。神経質でキンキン声の嫌なヤツだった。家を大事にしないで、古い家だと言って柱を蹴《け》りつけたのは忘れないな」

「かえすがえす、うちの祖先が申し訳ないことを」

間違いなくそれは父だろう。忍が小さいとき、部屋の襖には父が蹴り破ったという穴がいくつも空いていた。

「まあそのときに、操が死んだと一度は耳にしたんだがな。聞いただけでは信じられなかった。だがお前の父には俺が見えなかった」

もし、父が言う「血筋」というのが存在するとしても、皮肉なことに父にはそれが備わっていなかったということか。

ノトは、忍の背中を撫でながらため息をつく。

「それ以来、こう……鬱になって」

「座敷わらしが?」

「そう。座敷わらしは人がいない家には住めない。生気がなくて、飢え死にをする」

「まあ、人の生気が完全に消えても、家の生気が残っている。飢え死にをするのは気が遠くなるほどずっとあとのことだが」

「もしかして、こないだまでそのすごく緩やかな飢え死に自殺の途中だったとか」

「そうだ。座敷わらしは普通、家に人がいなくなると家を移るが、家から出ないで、操と暮らしたこの家と心中しようと思ったんだが、ご覧の通りだ」

自嘲《じちょう》めいた優しい声でノトは寂しいことを語る。

「取り壊されもしないで、朽《く》ちていくまま住み着いたのはいいが、家が大きいものだから飢え死にには随分と時間がかかる」

「五十年……」

「そう。まさかの超長期自殺だ」

絶句する忍を、あやすようにまたノトは優しく背中を撫でた。

「実際のところ、腹を空《す》かしながら、座敷わらしでいうニートってヤツになったわけだがな」

「座敷わらしって働くの?」

「ああ。今は人に富も与えずに引きこもってる」

「言い得て妙すぎて困るな」

引きこもって人に富を与える座敷わらしが、対象者を失ったまま新しい家を探さずに一人で暮らしていたら、確かに無職と呼ばれるべきかもしれない。

「いい加減飢えてたからもう少しだと思ったんだが、お陰で死に損ねたというか、命拾いしたというか？」

鼻先で忍の頬に触れながらノトは笑う。

「お前に当たってすまなかった、忍」

ノトはそう言って忍の尻《しり》のあたりを撫でた。これもどうかと思うが、ノトがあまりに素直に謝ってくれるから許すしかない。居心地悪く思いながら忍は呟いた。

「命拾いのほうにしておけよ」

「そうだな」

励ますつもりで忍は言ったのだが、ノトはずっと寂しそうな笑顔のままだった。

「なあ、ノト」

「何だ」

「ノトは、そんなにじいちゃんが好きだったの？」

帰ってこないなら家と共に滅ぶ覚悟をするくらいに祖父が好きだったのか。祖父の子孫である忍を見て、この穏やかなノトが逆上するくらいに。

「ああ。本当に操が好きだったな。今は恨《うら》んでいるが」

そんなの嘘だと思ったけれど、忍は言葉にしなかった。恨んでいるとノトは言うが、声は悲しさばかりが籠《こ》もっている。父を見たあとも認められずにいたくらいだ。今も好きに決まっている。忍に乱暴を働いた怒りも、倍増された慕わしさの裏返しなのは忍にもうわかっていた。

「昔話はこれで終わりだ。そろそろ眠れ。忍」

きっと昔、祖父とも布団の中で優しい話をしたのだろう。どんな話をしたのか聞かせてほしいとねだりたくなるが、自分は、祖父がノトを裏切った証《あかし》そのものだ。自分の存在自体がノトを傷つけると思うと、まっすぐに甘えるのには気が引けた。

だからというのではないが、忍は決めたことがある。

ノトにだけ聞こえる小さな声で話しかけた。

「ノト、ここに住んでいいよ」

貰いものの家だから家賃はいらない。ノトは食事がいらないらしいが、発生したらそれ相応のシェアをするだけだ。同居人と思えば何でもない。

ノトは苦笑いをした。

「人間はみんな金が好きだな」

「俺は金はいらない」

ノトの話を聞いて、改めてあの宝くじは換金しないと忍は決めた。レアメタルはまだ調査中だから、分配金が振り込まれてくるまでにいい方法を考えよう。

「まあその……」

忍は慎重に言葉を選んだ。清貧《せいひん》はけっこうだが、本来入ってくるはずの金はちゃんと得たい。座敷おとこに『金はいらない』と宣言したら、今度はまったく一円も入ってこなくなるのではないかと変な心配が湧き上がる。

「当面暮らしていける金は欲しいけど、余計な金があると、ろくなことにならないのは本当によくわかってるから」

父のみならず、結局祖父まで金に目が眩《くら》んで人生を壊したのだ。もしも血筋というものがあるとしたら、金に弱いところがあるのかもしれない。ただ自分は、父や祖父とは違う。弱いとわかっているのに何の対策も立てないのは馬鹿だ。本人だけなら自分のせいだが、彼らはノトを始め、自分や母までをも不幸にした。

「ノトに生活費が必要なときはちゃんと出せよ？　家賃なんかはいらないから」

「俺は自分で金を作れない。人に富を与えるだけだ。忍がいないと金ができない」

「わかってるよ」

不思議な仕組みだが変に納得だった。

座敷わらしは屋敷の人間に富を与えることはできるが、自分自身では金を作り出せない。

ノト一人で暮らしていてもまったく金は発生しないらしかった。人に富を与える妖怪だ。屋敷の人を富ませ、その生命力を糧に暮らす。

面白そうにノトは忍に答えた。

「俺のために金が必要ならクジでも買え。そんなことしなくたって、何だかんだと金が入ってくるようになるだろうが」

例えばレアメタルだ。

「コントロールは？」

尋ねるとノトは、うん、と唸った。

「できるようなできないような。俺が家の人間だと認めたら、勝手に富むようになるだけだから」

「今日は三千円くらい欲しいとか、二万円欲しいとか」

「そんな細かい指定は無理だな。きらきらするくらいとか、ギラギラになるまで、とかくらいなら加減ができそうな気がするが」

「おおざっぱなイメージだな」

それで富を与えられたら容赦がなくなるはずだ。さらにノトは続けた。

「嬉《うれ》しいと温泉を掘り当てたりな。別の家に住み着いてる座敷わらしで、城の埋蔵金掘り当てたヤツもいたっけ」

「テンションが高そうだ」

いじらしい妖怪だ。人を好きな気持ちだけで、やみくもに富を与えようとする。

「ノトは、ここに住んでるだけでいいのか？」

ノトが生きるために他に必要なことはないのだろうか。例えばかくれんぼとか、お祭りだとかはしなくていいのだろうか。

「忍は優しいが、具合が悪いときは無理をさせる気はない」

と言って、ノトは軽く忍にキスをした。

「違うよ。それ以外」

思わず怒った声が出たが、だいぶん眠気が差してきて、怒りもうやむやだった。忍はノトの寝間着の襟《えり》を握りながら囁いた。

「ここにいるだけで、ノトが暮らしていけるならここに住んでていいよ。じいちゃんと父さんのツケをちょっとだけでも払うよ」

何ができるかわからないけれど、祖父や父がノトを傷つけた痛みを、少しでも慰《なぐさ》められたらいいと思う。半分瞼を閉じながらノトの返事を待っていると、悲しそうにノトは忍の髪を撫でた。

「忍はそうして苦労してきたんだな」

どういうことだろう。だが一つだけ、ノトに伝えておきたいことがある。

ふっと沈んでしまいそうになる眠りの淵から忍は呟いた。

「俺は、アイツらみたいにはならない」

金にも血縁にも恵まれていないと思うし、これから先もすぐに自力で裕福になる見込みはないが、母を裏切った父やノトを裏切った祖父のように、欲で人を苦しめることだけはしないと誓う。

ノトは悲しそうに笑うのがクセだろうか。

何かを言っているようなのに、眠気が邪魔してよく聞こえない。

「……ト……」

縋りつくように声を出すと、ノトがそっと額に口づけながら囁いた。

「おやすみ、忍」

何年ぶりの言葉だろう。喘息の夜は具合が悪くなるのが怖くて、いつも不安を抱えながらうとうととするばかりなのだが、ノトに背中を撫でられるとあっという間に眠りが深くなってゆく。

喘息《ぜんそく》だから急には治りはしないが、どうやら峠《とうげ》は越えたようだ。

息苦しさが減っている。身体《からだ》も昨日に比べれば随分《ずいぶん》軽い感じだ。ただもっとゆっくり起こしてくれれば最高だったと、忍《しのぶ》は眠い目を擦《こす》った。

明け方、庭の角にトラックが突《つ》っ込んだ。

ものすごい爆音《ばくおん》がして、飛び起きて庭に出ると、四トントラックが塀《へい》の角にめり込んでいた。この家は垣根《かきね》と垣根を繋《つな》ぐように角だけが塀になっている。狙《ねら》い澄《す》ましたようにそこに飛び込んだのだ。

中の人は無事で、すぐにパトカーがやってきた。居眠りということだった。

一時間ほどすると、運送会社の社長という人から電話がかかってきて、塀を修理し、社で規定した賠償金《ばいしょうきん》を払うと言った。忍や家に損害はなかったのだが、民家に危害を及ぼしたとして賠償金数十万円が振り込まれてくるらしい。何やらドライバー自身の保険もあって、追加金額がどうのこうの、という連絡が後日損保系の会社から来ると説明された。

本当に寝ていても宝くじを買わなくとも金が貯まる。忍が思うより状況は深刻そうだった。

ノトは普通に家事をしてくれた。家の裏には忍が持ってきた二層式の洗濯機があって、井戸からホースを繋げば普通に使えた。その夜、ノトはテレビのCMを見ながらドラム型の洗濯機が欲しいと零《こぼ》していた。座敷わらしなせいか、ノトは家の暮らしを充実させることに興味があるらしい。この間はネットの通販サイトで掃除機の性能を見比べていた。

本当にノトは何も食べない。たまに忍に付き合ってお茶を飲むくらいだ。

だがノトは日増しに、美しい成獣《せいじゅう》のような艶《つや》やかさを取り戻していった。出会ったときは何年も引きこもったモデルのようだったが、今では本当にモデルでないのが勿体《もったい》ないくらいのかっこいい青年の姿だ。

「ノトってさ、本当に人間みたい」

瞳《ひとみ》の色がメタリックな紺色《こんいろ》で、人と言われてみれば何だか人外の色気がある気がするが、ぱっと見るだけなら最高に容姿がいい二十代男性だ。

家事をし終えて疲れたらしいノトは、少し気怠《けだる》そうに答える。

「人間とは寿命が違うし、そもそも生まれ方が違う。生命体としてもたぶん根本的に違うだろうな。調べればわかる。俺たちのDNAが顕微鏡《けんびきょう》で覗《のぞ》ければの話だが」

姿が見えないなら細胞も顕微鏡に認識されない気がする。奇妙な話だが納得はしてしまう。姿は同じだが細胞そのものが違う。欲情すると甘く香る体臭《たいしゅう》も、人というより花のようだ。

「歳は九十歳だっけ」

祖父の妹という女性の姿を思い出した。ノトの若さとかけ離れている。

「……ええと、もうすぐ百に近い。確か」

ノトは、こたつに座っていた身体を捻《ひね》って、パソコンのキーボードに手を伸ばした。

ネットの西暦計算表に数字を入れて、年齢を出している。

「九十五歳だ。昨日が誕生日で」

「そ……それはおめでとう」

座敷わらしに誕生日なんてあるのだろうか。もしかして卵などから生まれるのかもしれないと思ったとき、ノトが先に答えた。

「操《みさお》が決めてくれた。操が大切にしていた梅の花が咲いた日だ。昔庭にあって、もう枯《か》れてしまったが」

「……そうか」

祖父を恨《うら》むと言うけれど、やはりノトはいちいち祖父を恋しがる。本格的に気まずくなる前に話を切り替えることにした。

「三百歳の座敷わらしがいるって言ったな。まだどこかで会えるの？」

「さあ、どうだろう。たまたまソイツがいる家に行き当たれば会えるかもしれないが、居場所を摑《つか》むのはたぶん無理だ。三百年生きるようなヤツは、相当用心深くなっている。ツチノコなみに見つからないだろう。かくれんぼの天才ってヤツだな」

「あの」

三百歳の、かくれんぼの上手《うま》い座敷わらし。またおかしな違和感が過《よぎ》ったが、今度は忍はその正体にうまく気付いた。

ノトの話を聞く限り、歳を取る座敷わらしと、取らない座敷わらしがいるということだ。

「そもそも大人の座敷わらしなんて聞いたことないんだけど。何でノトは座敷おとこなの？」

ノトはどちらかというと、歳を取る座敷わらしだ。

座敷おとこと呼ばれてそれを認めるノトは、座敷わらしと座敷おとこの区別がついているということだ。なぜノトは歳を取るのか。これ以上時間が経ったらノトはどうなるのか。三十年間わらしだったノトがなぜ、歳を取りはじめたのか。

忍の問いに、ノトは初めて失敗したような顔を見せた。聞けば何でも答えてくれるノトが隠していたことのようだった。

ノトは考えるように数秒間黙ったあと口を開いた。

「座敷わらしは、家と家に住む人間の生気を吸って生きていると話したな？」

「うん」

それが枯れたら飢《う》え死にするとも聞いた。

「座敷わらしはかくれんぼがライフワークだとも」

忍は頷《うなず》く。座敷わらしの正しいイメージだと思う。忍が知る座敷わらしというのは、座敷わらしが屋敷に居着くと急に金運が上がり、家の中で子どもが遊ぶ気配がするというものだ。そして座敷わらしの姿を見ると座敷わらしは出ていってしまい、金運を失うと。

そう思えば違和感の正体にすぐに思い当たった。ノトは祖父と暮らしていたのだ。子どもの頃に出会って、祖父がノトを裏切り家を出るまでずっと。

「座敷わらしは、人に見つかると歳を取りはじめる」

病状を説明するように、ノトは言った。

「座敷わらしが人に見つかると家を出ていくのはそのせいだ。早く新しい家を見つけないと、どんどん歳を取るからな」

「座敷じいになるの？」

「たぶんならない」

思わず呟《つぶや》いた言葉に、ノトは失笑した。

「ある程度時間が経ったら消滅する。たぶんその前に家が死ぬ。俺もはっきりとどうなるかはわからない。だいたいの座敷わらしは人のいない家に居着くことなんてないし、人が消えた家がこんなに長く残ることなんて、日本ではほとんどないからな」

日本に廃墟《はいきょ》が少ないのは、日本には人が住める平地が少ないからだと聞いたことがある。外国のように無人の家屋を放置せず、人がいなくなれば家を潰《つぶ》して土地を売って、また新しい家を建てるからだ。

「かくれんぼで人に見つかったら、その家を出て新しい家に入る。見つかったらまた移る。隠れていればいいものだが、わらしの姿の間は心もわらしだ。寂《さび》しくて仕方がない」

「だからかくれんぼをするのか」

見られてはならないが、見つけてほしい。座敷わらしはそうして人とかくれんぼをするのだ。見つかったら家を出ていかなければならないリスクを冒《おか》しても寂しさに耐えかねる。

「人に見つからず、人と家の生気を食べなければならないんだ。昔と違って家はどんどん狭くなるばかりで、たぶん仲間も減っただろう」

「……確かに」

この家ならば、かくれんぼも成立するだろうが、忍と母が住んでいた2LDKのアパートで、座敷わらしが見つからないように生活するのは無理だ。

「たまに観光地に住み着くやつがいる。上等なところでは国宝クラスの建物か、悪いところでも小さな神社の、社《やしろ》があるようなところに」

それはいい考えだと忍は思った。屋敷の生気にランクはありそうだが、観光客が来れば人の生気は途切れないだろう。

「大した観光地じゃないのに、急に大繁盛《だいはんじょう》しはじめて収拾がつかなくなってる場所はだいたいそうだ」

「何カ所か思いつくところがあるような……」

テレビなどで急に流行《はや》って、実際行ってみるとなぜここがこんなに流行っているかわからない場所だ。

「でも座敷わらしの環境にはよさそうな気がする」

とにかく家があって、人が来ればいいのだ。観光地ならそれが適《かな》う。

「人が多いということは見つかりやすいということだ」

「なるほど」

忍は答えたが、はっきりと気づいたことがある。忍が感じた違和感について、ノトに話を逸《そ》らされている。

忍は悩んだが思い切ることにした。

「……ノトは出ていかなかったのか」

祖父に見つかったと言った。座敷わらしは人に見つかると歳を取りはじめるという。出ていかなければ加齢は止まらないのに、ノトは今もここにいる。

「操を捨ててか？」

歪《ゆが》んだ笑みでノトは問い返してくる。

「操は寂しい子どもだった。身体が弱く、いつも一人で泣いていた。俺が出ていったら操が泣くと思ったから」

祖父がどんな暮らしをしていたか知らない。だがノトが優しいのはもう知っている。

ノトはかくれんぼで見つかったというのに、祖父をおいて出ていけなかったのだ。

「じいちゃんは、そんなノトを裏切ったのか……」

見知らぬ祖父に怒りが湧《わ》いた。本当は、何かの理由があったのかもしれないと思っていた。あるいはノトと約束したものの、約束を守るのが嫌になったのかもしれないと心のどこかで思っていた。自分だって金をくれると言われたくらいで男と寝るなんて嫌だと思った。だがそんなのはもう駄目だ。ちゃんと断わったほうがマシだ。約束だけしてノトを騙《だま》して逃げるなんて、ノトの誠実さに対して祖父の裏切りはあんまりだった。

「操は優しい男だった。でも操は出ていった」

怒りで涙が溜《た》まってくる忍に、優しい声でノトは囁《ささや》く。

「俺が与えた金のせいで欲に目が眩《くら》んでしまった。必ず帰ってくるからと、そう言い残していなくなった」

「ノトのせいじゃない。俺なら絶対裏切らない」

いくら金を得たからといって、それがノトを裏切る理由にはならない。

「富など与えるのではなかった」

ノトはようやく後悔《こうかい》らしい言葉を吐《は》いたが、それも祖父を責める言葉ではなかった。

「操がいなくなった今、俺がここを出ていかないのは操のせいじゃない。俺がどこにも行く気になれないだけだ」

「それじゃノトがあんまりかわいそうだ」

言い返すと、ノトがまっすぐこちらを見ていた。

「……もう、操は死んだのか」

何回確かめても信じ切れないようにノトは問う。

忍は頷いた。かわいそうだが本当に何も知らない。

「どんな死に方だったんだろう」

そう呟いてノトはきれいに光る瞳から、一つずつ涙を零した。恨んで恨み切れない、悲しい涙だ。

「ごめん……、わからないよ」

祖父のことなどまったくわからない。

「待たせてごめん」

心から忍はノトに謝った。

祖父の失敗、父の駆け落ち、ノトがこんなに苦しむのも、ノトに何も与えてやれないのもみんな自分たち家族の身勝手のせいだ。


翌日、二通の郵便が届いた。

一通は覚えのないエアメールで、《奨学金《しょうがくきん》を受けていた学生の中から一名だけ、学資を補《ほ》塡《てん》する》という内容の海外の実業家からの手紙だった。思いっ切り詐欺《さぎ》っぽい手紙だが、ここ最近のことを考えるとたぶん、これはあしながおじさん的な奇跡《きせき》なのだろう。連絡先は奨学金を受けた先だ。とりあえずこれはあとで辞退する旨《むね》連絡をするとして、もう一通だ。

白封筒には覚えのある社名がプリントされている。

妙な厚みにがっかりした。開けてみると中味は案《あん》の定《じょう》、履歴書《りれきしょ》とコピー紙だ。《残念ながら》

から始まる不採用の通知で、《山南《やまなみ》様の今後のご活躍をお祈りしております》と結ばれている。いわゆる不採用通知だ。大学ではそう呼ぶといかにも悲しいから、《お祈りの手紙》と呼ばれていた。

忍が希望するのは生命保険会社だ。いわゆるプランナーというヤツだった。学校でも専攻し、資格も取った。

だが新卒募集も終わったこの時期、大手は皆門前払いだ。研修中の退社枠を見込んで応募してみる一方、ほぼ個人経営に近い事務所にも応募してみた。ここに来る前に大手からはすべてお祈りの手紙を貰《もら》った。ここに来て一通目、個人経営のほうも駄目だった。

「なあ、ノト」

お祈りの手紙を広げたまま忍は、モップで上がり口の埃《ほこり》を掃《は》き落としているノトを振り返った。畳《たたみ》の部屋ではカワウソが洗濯機のホースの切れ端《はし》に潜り込んで、ホースごとうねうねしている。

「こういうのは駄目なの?」

「何が」

「就職と富は違うのか?」

「何だ。面接にまた落ちたのか」

遠慮のない言葉でぐっさり問い返されて忍は黙った。

「俺は富を与えるのであって、何でもくじ運を与えるわけではない。俺の何かがお前にとってそれが富ではないと判断したのだろう。……そうだな、お前が好きな業種の国内最大手の本社秘書でも受けてみろ。たぶん叶う」

「いや、そんなのはいらなくて、普通の職が欲しいんだよ」

「あるいはどんな会社でも、お前がそれに本当に価値を見つけたら、俺の中の何かがそれをお前にとっての富だと判断するかもしれない。まあ真摯《しんし》でいることだ」

ノトに言われて、少し心に刺さるものがあった。

試験を受けて落ちておきながら、心のどこかで「こんな小さな事務所」と侮《あなど》っていたかもしれない。それがノト本人にもわからない座敷おとこの基準に満たなかったということだろうか。

忍はお祈りの手紙を見ながらため息をついた。

「アルバイトかな……」

ゼロからまたやり直しだ。就職試験にもそれなりの金がいる。履歴書に証明写真、スーツのクリーニング代、交通費。小さなようだが食費を凌《しの》ぐ金額だ。

とりあえず昨日、単発で携帯電話会社のティッシュ配りのバイトに行ってきた。日当七千円だがこれで四、五日は食える。家も見つかったし、就職よりも、生活を建て直す間、しっかり働けるバイト先を見つけるか——。

そう思ったとき、何も触れていないのに土間の土壁《つちかべ》に急に亀裂《きれつ》が入った。思わず見つめる忍の視界の中で、亀裂はゆっくりと壁《かべ》を這《は》い上がり、三角にひびを入れ、ずどん、と重い土の音を立てて床で砕けた。

急なことで押さえる暇《ひま》もなかった。粉のような土が、煙《けむり》のようにもくもくと上っている。

この家は古い。家が建って少なくとも九十年だ。

初めからヒビが入っていた場所だった。まさか壁が剝がれて崩れてくるとは思わなかった。勝手に壁が壊れる家なんて想像したことがなかったから、どうしたらいいのかわからない。ノトに訊《き》こうと思って家に入ると、丁度ノトは部屋に引っ込んでいるようだ。

土壁を元に戻すのは無理だから、落ちた塊《かたまり》を外に運んで塀の側に置いた。藁《わら》を嚙《か》んだ土塊《つちくれ》だった。雨に晒《さら》されればすぐに土に帰りそうだ。石灰を撒《ま》いたようになった粉は、土間《どま》箒《ぼうき》でちりとりに集めた。あとでノトに相談して、何かで埋めるとかカレンダーで塞《ふさ》ぐとか、対策を立てようと思った。

とりあえず夕飯を食べよう。

忍は気を取り直すことにした。就職は残念だったが、落ちたものは仕方がない。気分を入れ替えてバイトを探しながらまた履歴書を送る以外、自分にできることはない。

「ノト。——ノト！」

忍はいつもの上がり口から奥に向かって声をかけた。靴《くつ》を脱ぐのが面倒だ。

「何だ」

「今から買い物に行くけど、ノトも行くか？」

ノトは座敷おとこだが、庭に出ていることもある。外に出られないわけではないようだ。買い物に行ったこともあると言っていた。それに、もしもみんなにノトの姿が見えたとしても、近づいて目を覗き込まない限り、だらしない生活をしているモデルのようにしか見えない。ただの掃き溜めに鶴《つる》だ。

少し考えて、ノトは答えた。

「買い物には……行けないな」

「人に見えるとまずいのか？」

「いや、だいたい見えないだろう。家にいるときは見えるときと見えないときがあるが」

「そうなのか」

「子どもはよく俺の姿が見える。操が俺を見つけたのも子どもの頃だ」

ノトの説明を聞いて忍はうーん、と唸《うな》った。

「……まあ見えたり見えなかったりする人が、買い物かごを持ってうろうろするのもやばいかもね」

あの人には見えてこの人には見えないという男が、店内をうろうろしていたら、幽霊《ゆうれい》が出たと騒ぎになるかもしれない。店に迷惑だ。

ノトは腕組みをして首を捻った。

「短時間、集中して隠れようと思えば何とかなるが、持ってる物も全部見えなくなるんだ。ああ、そうなるとレジを通らずに済むな」

「そんなの駄目だ」

「しないよ。金はあるから、万引きなんてそもそも意味がない」

ノトに答えられて不思議に思った。

「ノトはレジがあるスーパーに行ったことがあるのか」

何だか意外だ。以前はよくて今日はなぜ駄目なのかよくわからない。

「あるよ。もう何ヶ月も前になるが。カワウソの食糧《しょくりょう》を買い溜めしに行ったとき」

「最近は行ってないの？」

答えるとノトは少し決まり悪そうにこめかみを掻《か》いた。

「外に出るのに生気が足《た》りない。この家が死にかけてるし、人の生気も何十年もなかったし、今外に出たら……消えると思う」

打ち明けられて忍はぽかんとした。

消える――。見えにくくなると言うのではなくて、消滅してしまうということか？

「そういうことは早く言えよ！　今はいいのか？　回復できるのか？」

「どうかかな。どちらにせよ遠くなく、消えると思う」

「ノト……」

ノトはわかっていて忍に隠していたのだと、忍は悟った。忍を抱いて、祖父が与えた苦しみを少しだけ癒《いや》して消えてゆくつもりでいたのだ。ノトは微笑《ほほえ》んだ。

「おまえが来てくれて、いっぱい生気を分けてくれたから、当面は大丈夫だが」

「それでいいのかよ！」

そんな何でもないふうに、思い出の中に取り残されていくようなことをノトは言う。だが妖怪《ようかい》だって命は命だ。忍は身を乗り出した。

「何とかならないのか？　俺がずっとここに住んでいても駄目か？」

自分一人だけれど、ノト一人くらいなら何とかなるのではないか。

ノトは静かに、忍の頰《ほお》を包んだ。

「最後に思い出ができてよかった。あのまま消えるより何十倍もよかった」

「そんな」

「すまなかった。お前は操と違ってイイヤツだ。びっくりしただろう」

「びっくり……したけど」

思い出づくりというには過激すぎるが、今なら意味もわかる。祖父の子孫である自分を見てノトが逆上したのだって、ノトが祖父を本当に信じていたことの反動だ。それにあんな目に遭ったというのにノトを生き延びさせてやれないのでは何の甲斐《かい》もない。

「消えるなんて言うなよ」

「いいんだ。我ながら、長すぎるのが苦痛なくらい長く持った」

ノトは苦笑いで首を振る。五十年間の孤独。それを考えるとかわいそうになるけれど今は違う。忍がいる。

「消えずに済む方法はないのか」

「ないことはないが。……不可能だと思う」

「聞いてみないとわからねえよ」

食い下がる忍に、言い聞かせるようにノトは囁いた。

「あるとしてもこの家を出ることが前提だ。俺はそれを望んでいない」

「ノトはじいちゃんが嫌いになったんじゃないのか」

捨てられたのは明白だ。もう帰ってくる見込みもない。

「結果的には裏切られたが、それまで操と過ごした思い出は嘘《うそ》ではないだろう?」

ノトは、ノトより怒っている忍の髪をそっと撫《な》でた。

「妖怪は、こうやって消えていくんだ。俺はまだ半分自分の意思だが、アパートのエレベーターとかエスカレーターに対応できなくて死んだヤツもいるし」

「順応力なさすぎだろ」

詰《なじ》るというより一緒に頭を抱えるような気持ちだった。

「妖怪ってそんなことで滅びるのか……」

意外さに驚きながら忍は呟いた。人を脅《おど》して怖がらせ、百鬼夜行《ひゃっきやこう》とも怖れられる妖怪たちは、人間が生み出した日常の利便性についていけずに滅んでゆく。一軒家《いっけんや》からアパートになるだけで、階段がエレベーターになるだけで、蛍光灯《けいこうとう》で隅々まで照らし出されるだけで、妖怪の暮らしはそこで途切れ、住処《すみか》を失って消えてゆくのだ。

「そうだな。正確には消えたということだが、人の言うところの死んだと同じだろう」

「ノトもそうなるのか」

鬼ごっこができる家がなくなっただけで。——愛した人が帰ってこないだけで。

「家が朽《く》ちたらな。俺は、家から養分を貰って生きてるから」

いとおしそうに、ノトは何度も忍の髪を撫でた。彼らが人の暮らしへ抱く愛着のようでもあった。

「人と住むには世界が変わりすぎた」

儚《はかな》い。と忍は思った。絶滅してゆく小さな植物たちより、最期《さいご》を看取《みと》られないから余計に幽《かす》かだ。人知れず消えてゆくのだ。電灯に照らし出されて蒸発してしまった古《いにしえ》の妖怪の物語と共に。

忍は頭を振ってノトの指を退けさせた。

「でもまだ時間は稼《かせ》げるんだろう？　その間に何とか方法を見つけようよ。寿命《じゅみょう》なら仕方がないけど、自分から命綱を離すようなことはやめろよ」

「忍のせいじゃない」

「わかってるよ。俺がノトに生きててほしいから言ってるんだ」

ノトのシャツの脇腹《わきばら》を握り締めて、忍は訴えた。

「どうやったら生き延びられる？　方法があるって言ったよな？」

「ああ」

ノトは頷いたが、気乗りのしない顔だ。

「まずこの家を出ることだ。この家にはもう生気が残っていない。俺の命を分け与えてももう長くは持たないだろう。忍には気の毒だが、家の命が終わったらこの家には住めなくなる。家も、人に生気を貰って生きている」

そう言ってノトは剝《は》がれた土間の土壁を見た。肋骨《ろっこつ》のように腐《くさ》った竹が剝《む》き出しになり、まだパラパラと細かい土が落ち続けていた。長い間人がいなかったからだ。家が弱ってゆく姿を目《ま》の当たりにしたようでゾッとした。

ノトは、零れてゆく土を忍に見せないように忍をそっと抱き寄せながら続けた。

「人がいなくなった家は死ぬんだ。人が住んでいる古い家は生きてる。でも空き屋だと家が死んでゆくんだよ。においとか空気とか、淀《よど》んで蝕《むしば》まれてゆくんだ。わかるか？」

空き屋独特の黴《かび》と湿気《しっけ》のにおい。あのにおいに満たされて内側から家が朽ちてゆくのを忍も感じた。

「ああ。でもそれなら新しい家に行けばいいだろう？　他に条件は何があるんだ？」

「俺の命を繋ぐほどの生気だ。到底お前一人では養えない」

「あ、あの！」

条件を出されて、とっさに忍は思いついたが到底まっすぐ口には出せなくて、口を噤《つぐ》んで俯《うつむ》いた。頬が熱くなるのがわかる。口に出すのも嫌だが、今はそう言っている場合でもない。

「あ……ああいうことをしてもか」

忍を抱いて、キスをして、忍の身体からまた家より濃い生気を吸い取ってもノトは生きられないのか。

「忍」

思い切って尋ねた忍を、ノトは驚いたように見ていた。そしてさっきよりも優しい声で囁く。

「もういい。俺はもうこの家と消えるつもりだ」

「そんなこと言うなよ。身体の調子が悪い日は無理だけど、一ヶ月に……いや、二週間に、一回くらいなら」

「ありがとう。だがぜんぜん駄目だ。毎日補充でやっとというところか。俺も随分弱っている。もし単純に住人のみから生気を貰うとすれば、少なくとも二十人くらいと同居が必要になるだろう」

「二十人家族……」

ありえない話だ。そしてノトは駄目押しのように追加条件を重ねた。

「どっちにしろ、忍に見つかったんだ。俺の時間は進み続ける」

根本的な問題だ。祖父に見つかって時間が進みはじめたノトは家を移っていない。もし忍と共にこの家を出ても、忍に見つかったとカウントされればノトの時間は止まらない。

「じゃあ引っ越した先で、俺と別の部屋に住めばいいんだろう?」

座敷わらしのルールに乗っ取るとするなら、そうすればノトの時間は再び止まるはずだ。

ノトは苦い顔をした。

「一生箱の中に一人で過ごすのが、幸せだと思うならな」

「それは……」

生きる代わりに誰とも会わず、忍が賃貸できる程度の小さな部屋の一室で、二十人家族と同居――。

それに叶う案がひとつも思いつけない。必死で考える忍の髪をいとおしそうに撫でながらノトが囁いた。

「座敷わらしにも都合がある。未練があると駄目なんだ。思い出はここにしかない」

ノトの引っ越しできない一番大きな理由はそれだと、忍はわかってしまった。

ノトはまだ祖父が好きだ。捨てられても、裏切られても、今は憎んでいても、もう戻ってこないのがわかっていても、ノトはこの家を出ることができない。

「座敷おとこの片想いってしつこいな」

忍のほうが泣きそうになりながらノトを詰ると、ノトは少し自慢げに楽しそうに笑った。


薪《たきぎ》の風呂《ふろ》はあるが実用的ではないのでガスを引いてもらった。風呂のボイラーとキッチンだけの簡易なものだ。

小さな四角のタイルが張り詰められた浴槽《よくそう》は、初めて見るのに懐《なつ》かしい気がした。カルシウムと乾燥で白っぽくなっていた浴室にお湯を流すとさっと青さを取り戻す。曇《くも》りきった鏡はようやく人の形が見えるくらいだ。

「気持ちいいか？　カワウソ」

お湯を張った洗面器にとっぷりと浸《つ》かっているカワウソが目を細めている。忍が風呂に入っていたらカワウソが浴槽に飛び込もうとしたのだ。慌《あわ》てて防いだものの、カワウソは何度も忍の手をかいくぐって中に飛び込んでこようとする。

仕方なく、洗面器にぬるま湯を張ってやると喜んでカワウソはそこに滑り込んだ。しばらく洗面器の中でぐるぐるとしていたが、今は落ち着いて人間顔負けの勢いでまったりとお湯に浸かっている。

「久しぶりだろう？」

ノトに釣《つ》られて忍はすっかりカワウソに話しかけるようになってしまった。忍は濡《ぬ》れて色の濃くなったカワウソの焦《こ》げ茶色《ちゃいろ》の頭を指先で撫でる。ノトには風呂は必要ないらしい。懐かしいからあとで入ってみようかとは言っていたが、普段はノトのための飲料水すら用意していないらしかった。そんな生活だったから、もしもカワウソが風呂好きだったらずっと我慢していたに違いない。フェレット用のペレットも買ってきた。「《カワウソの餌《えさ》》がないな」と思いながら棚《たな》を探して「フェレットだった」と探し直したのは秘密だ。売り場の店員に、フェレットはゆで卵が好きだと聞いたから、カワウソとゆで卵を半分こにして食べた。

洗面器の中であまりに気持ちがよさそうなので、もしかしてカワウソは本当に《妖怪・カワウソ》なのだろうかと疑いかけたが、フェレットも水が好きなのかもしれない。

浴槽から手を伸ばし、カワウソの顎《あご》の下を指でくすぐると、カワウソはそのまま眠ってしまいそうに大人しく目を閉じる。迷子《まいご》になって猫や犬に食われて死ぬよりましとはいえ、ノトに拾われてカワウソも随分苦労をしただろう。ノトはノトなりに旧知として持て成したのだろうが、妖怪のように対応されてはカワウソにとっては斜め上の接待だ。

ちゃぷ、と湯の音を立てて忍は浴槽の中で姿勢を変えた。伸ばしっぱなしの手でもう一度カワウソを撫でる。

「なあ、カワウソ。じいちゃん……どんな人だったって言ってた……？」

あの様子では、カワウソには祖父のことをたくさん話しているに違いない。祖父はどんな人だったのか、どんな話をノトとしたのか、ノトは祖父をどう思っていたのか。好きだと、抱く約束をしていたとノトは言ったけれどそうなるまでにどんな想いを交わしたのか。忍と祖父。もしもノトの目の前に並んだら、やはりノトは祖父を取るだろうか――。

「……当たり前か」

忍は湯気の中に呟きを落とした。ノトは忍が祖父に似ているから忍に優しいだけで、どっちが好きかと尋ねれば迷わず祖父だと言うだろう。

「いや、ぜんぜんそれでいいんだけど……」

忍は浴槽の縁に重ねた腕に頬を預けて呟いた。別にノトに自分のほうが好きだと思われたくない、というか、忍はノトを好きじゃないというか、ノトは男で、身体の関係を持ってしまった上に一緒に暮らしはじめたから、うっかり思い違いをしそうになっているだけだ。

「そうだよな」

独り言を零してゆっくり我に返る。

最近身心共々流されっぱなしだ。恋愛対象というならノトは、妖怪だから男以前の話だ。男と恋愛にしたって妖怪と恋愛にしたって、忍の範疇外《はんちゅうがい》のはずだ。

忍は、湯の中で顔を洗って浴槽から出た。

「上がるよ、カワウソ」

放っておくといつまででも洗面器の中でたゆたっていそうなカワウソの隣で、忍は身体を拭《ふ》いた。洗面器の中からそぼ濡れたカワウソの脇の下を抱え、タオルのように長く下に垂れた身体を上から下に向けて手で扱《しご》く。下半身は手で握って絞《しぼ》ってやった。妖怪でなくとも何とも奇妙な感触だ。

前触れもなく風呂場の扉《とびら》が開いた。

「わ」

「上がったか?」

立っていたのはノトだ。忍の股間《こかん》を凝視《ぎょうし》している。

「開ける前は声ぐらいかけろよ!」

男同士だから見られても別に不都合ではないのだが、とっさにカワウソで隠しそうになった。カワウソに失礼だ。

「カワウソ、お風呂好きだって」

そう言いながら絞られたカワウソを手に浴室を出ると、ノトがバスタオルを広げて忍を包んでくれる。

「俺じゃなくて、カワウソを頼むよ」

カワウソを二人の間に挟んで忍がカワウソを拭き、ノトが忍を拭くよりも、ノトがカワウソを拭いて忍が自分自身を拭いたほうが効率的だ。

「俺は忍がいいな。忍がカワウソを拭け」

頭までバスタオルを引き上げ髪を拭きながらノトが笑うものだから、忍は眉《まゆ》を寄せて目を逸らした。

「いいけど、面倒くさいだろ……」

言葉の終わりを唇《くちびる》で吸われる。

唇が離れたあと、伏《ふ》せていた目を上げて、ノトの目を見た。メタリックな青が揺らいでいるのが見えた。

「生気食ってるの？」

「いや……。何だろうな」

ノトの答えは曖昧《あいまい》だ。キスくらいで取れる生気は足しにもならないのは忍にもわかっている。だとしたら、何でキスなんか――。

意味を探しそうになって忍はやめた。

自分は祖父の代わりだ。生気として腹に溜まらないまでも、飴《あめ》を口に入れる感覚かもしれない。

でももう祖父はいない。勘違いだと思いたくても、その頃と違ってガスもあるし、カワウソもいる。

「ノト……」

じいちゃんと俺、どっちが好き？

嘘でもいい「今は忍」と答えてほしいと思うのはさすがに子どもっぽい考えだ。途中で終わった忍の問いかけをノトは待って忍を見ていた。そのまま黙ったがノトは追及してこずに、その代わりとびきり優しい微笑みを忍に向ける。

「……髪が濡れると、なお操にそっくりだ」

訊かなくてよかった。

バスタオルの中で俯く忍の腕の中で、タオルドライを嫌がるカワウソが足をバタバタしている。


風呂上がりにビールを飲めるような余裕はないからグラスの中は水だが、井戸水は微《かす》かな甘味がする気がしておいしかった。アパートに住んでいた頃は、水道の蛇口《じゃぐち》に簡易の浄水器をつけていたが、カルキが抜け切れない水は飲むのにいつも少しだけ勢いがいった。ここの井戸水にはそれがない。

「一応沸《わ》かしてるけど、生水でも大丈夫じゃないかな」

長く使っていないと言うから、ヤカンで沸かして麦茶のボトルで冷やして飲料水にしているが、水は澄んでいて不純物もないし、そのまま飲んでも大丈夫のような気がする。

「ああ。ここの水脈はいいな。もっと汲《く》み上げてやれば水も研《と》がれてくるだろう。だが忍も身体が弱いから」

ノトはいとおしそうに忍を抱き寄せる。忍と話すとき、いつも微かに祖父の影が纏《まと》わりついてくる。ノト自身、気づいていないくらい微かに、ノトと忍の間に祖父の面影《おもかげ》が挟まるのだ。

「沸かしたほうがいいかもしれん」

「やっぱりおなかに当たるかな。アメーバとかいそうなのか？」

抱き寄せた忍の髪に、鼻先を埋《うず》めているノトに尋ねた。普通では考えられないことだが、ノトはとにかく忍を抱いてにおいを嗅《か》ぎたがる。外では絶対許さないが、家の中では慣れはじめていて、つい「もういいか」と思ってしまうから困ったものだ。

水は見た目はきれいだが自然水だ。もしかしたら顕微鏡でなければ見えないような微生物が潜《ひそ》んでいるかもしれない。

「いや」

生乾きの忍の襟足《えりあし》のあたりに唇を押し当てながら言うノトの声が低いから、背筋がぞくりとする。背筋に力を入れて堪《こら》える忍にノトは囁く。

「水は美しいが、以前、水脈の上の方に狂骨がいた」

「《キョーコツ》？　動物なのか？」

それとも恐竜の骨でも埋まっていたのか。

「骨の妖怪だ。井戸に捨てられた死体から発生する妖怪でな。随分粘《ねば》っていたが、そうだな……二十年くらい前か。派手に家に祟《たた》って家が滅びて、家がなくなったせいで井戸も潰されて、ショベルカーで整地されてな」

「ショベルカーで……」

激しくも儚い話だ。しかも自殺行為といって差《さ》し支《つか》えない顚末《てんまつ》らしい。

「井戸神と一緒に供養《くよう》されて消えたはずだが、ヤツらはしつこい。何しろ三百年も居座っていたから、その下流と同じ水脈の水は、生で飲むと忍の生気に当たるかもしれない」

「わ……わかったよ」

アメーバよりも身体に悪そうな成分が混じっているようだ。ノトは小さな子どもをあやすように、忍の髪を優しく撫でる。

「操にも必ず沸かして飲むように言っていた。冬は小さな鉄瓶《てつびん》に湯を冷《さ》まして、よく風呂上がりに飲んでいたな」

囁いてまた唇を吸う。あまりにも自然すぎて、忍は逃げるように俯いた。

「な……なあ、ノト」

「ん？」

祖父とはいえ、一度も会ったことがない人だ。こういうことは思い出話ではなくプライベートの侵害になると思うが、ノトに訊いておいたほうがいいと思う。

「ノトは、じいちゃんと……こうしてたの？」

いつも抱いて触れて、唇で愛撫《あいぶ》する。離れれば手を差し伸べて懐《ふところ》に入れる。おかしなことだが、ノトにこうされているとセックス以上の親密さが織り上がってくるような気がする。極端に言えば、セックスは誰とでもできそうだが、極細の糸を織るような慈《いつく》しみは、少なくとも嫌い合った人間と作れるものではない。

「ああ。操も随分甘えてくれた。操の湯上がりの髪を撫でるのが好きだったな」

そうだとしか思えない手つきで忍の髪を撫でる。

「それなのに、ノトは何で、じいちゃんとしなかったの」

問うというより、責めるような気持ちで忍は訊いた。こんなに親密なら、なぜ抱き合わなかったのか。祖父が誘ってくれるのを待っていたというなら、今頃文句を言ってもタダのヘタレで身勝手だ。ノトも我慢してばかりいないで、忍を抱いたときのように祖父に迫《せま》って関係を持ってしまえばよかったのだ。祖父が逃げたとノトは恨んでいるようだが、本当はノトが手を出しそびれただけではないのか。

「操を好きだったから、かな」

忍の身体を撫でながら、ノトが呟く。

「操は身体が弱くて、いつも気分が悪そうに横になっていた。抱かせてくれと、何度も操に頼み込んだ。だが、操は身体が悪いからと決して許してくれなかった。『そのうちきっと』

と約束しながら泣きながら謝っていた。俺と操は想い合っているとその頃は信じていたから、俺は操の言葉を信じたんだ。信じていたのに、そのうち焦《じ》れてな」

ノトは少し黙ったあと、また忍の身体を撫ではじめる。

「一度だけでもいい、どうしても操を抱きたいと操に頼んだら、操は『わかった』と言った」

喘息を盾《たて》にノトの求愛から逃げ回っていた祖父は、もうこれ以上逃げ切れないと思ったのだろうか。それとも――。

「それが、操が家を出る、前日のことだ」

ああ、やはりそうだったのだと忍は思った。祖父はノトを騙して金を得続け、一生分の金を得てノトがいらなくなったから、ノトから逃れ、その金で祖母と結婚したのだ。忍がこうして生まれてきたということは、身体だって言うほど弱くはなかったということだろう。あるいは莫大《ばくだい》な遺産《いさん》とやらで治療《ちりょう》をして健康になったのかもしれない。

妖怪を騙しても祖父を責める者はいなかっただろう。謂《い》わば妖怪退治だ。妖怪から金を搾《しぼ》り取ったのなら英雄扱いだった可能性もある。どちらにしたってノトは悪者だ。外から見ればノトは祖父を手籠《てご》めにしようとした妖怪・座敷おとこだ。

今度は忍がノトの髪を撫でる番だった。

それにしたってやり方があっただろう、と忍は思う。祖父が取った手段は残酷《ざんこく》だ。

ノトが自分が騙されたことに気づかないうちに、祖父は祖母と裕福な家庭を築き、ノトが大人しく待っている間に祖父は一生を終えてしまった。いわゆる逃げ切った、というヤツだ。もし約束がなければ、ノトはここまで待たなかったと思う。しかし一方で、これほどノトに想われて、断り切れなかった祖父の苦悩も想像できる気がする。しかしそれならやはり、最後まで断り続けるのが、祖父の誠実だと忍は思う。

身体が悪いと逃げ続け、ノトと約束をしてノトが信じた隙《すき》に逃げ出して戻ってこない。そういうおとぎ話を何度か聞いたことがある。たいがいは鬼に閉じ込められたお姫様が、財宝を持って逃げ出す話だ。いとしい人に逃げ出された鬼の話は読んだことがない。

一度気づいてしまうと、けっこう聞こえてくる音がある。

夜中、息を潜めて耳を澄ますと《家の音》が聞こえてきた。風に吹かれてパラパラと落ちているのはどこかの壁土か屋根の隙間に詰まった砂か。柱の付け根が乾いて擦れる音が聞こえる。ぱしん！　とかなり大きな音で梁《はり》に亀裂が入る音がする。家全体が、みし、と軋《きし》む。

忍が入って空気を随分入れ換えたから、戸を開けた瞬間の空き屋のにおいは薄れたが、家が弱っているせいか畳に染みついているのか、いつまで経っても淀んだにおいが取れない。

忍は真っ暗な布団《ふとん》の中、手を上げて額を押さえる。あれからもずっと忍は考え続けている。

「……じゃなくてだなあ」

考える端から行き詰まって独り言をした。

ノトを誰にも会わせずに新しい家に連れ出し、二十人の家族を迎える。

結婚して二人、……子どもが十八人――？

何年計画だ、と考えたあと、すっかりノトを心の一番奥まで入れている自分に気づいて、忍はため息をつく。ノトを生きさせるために結婚するなんて非道にもほどがある。それではきっと父や祖父と同じになるのだろう。自分勝手や思いつきで、不幸な人を作ってはならない。

「忍。眠れないのか」

隣に寝ているノトが囁いた。

「ちょっと、考えごと」

返事をすると、繋いでいた手にゆっくり力が籠もる。

手を繋がせてくれとノトは言った。寂しいのか、そうすれば少しでも生気が伝わるのかわからなかったが、どちらにしても叶えるには違いなかったからノトと手を繋いで寝ることにした。ノトは子どものように嬉《うれ》しがった。いじらしいというか、こんな些細《ささい》なことで喜ぶ生きものをなぜ祖父は裏切ったのかと思うと、やはりふつふつと怒りが湧いてくる。

一晩考え続けても、いいアイディアは浮かばなかった。基本的なハードルが高すぎる。時間を止める。二十人家族になる。まったく無理な条件だ。

朝、顔を洗って忍は引いたばかりのガスで朝食を作っているノトの側に行った。

「おはよう」

と囁いてノトがキスをしてくるまでは、生気の補充と思うことにして許す。長身にエプロンなんかをして、いかにも新婚らしく幸せそうな笑顔なところも、ノトがちょっとでも前向きになればいいと思って容認することにした。

「――あのさ、ノトに一つだけ頼みがある」

座敷わらしの金運で得た金は使いたくない。だがノトを消えさせないために、忍が許せる範囲でノトの力を借りたかった。

ノトは明るく笑った。

「人間は欲張りな上にせっかちだな。まだ宝くじ、換金していないんだろう？　あれじゃ足りないのか？」

「そうじゃなくて職をくれ」

ノトが不思議な顔をした。

「……金じゃないのか？」

「ああ。働かないと駄目なんだ。大変か？」

これまで体調のいいときに受けた面接の感触では、ギリギリで落ちたのだと忍は思っている。まったく適わなさそうな会社に入れてくれとは頼まない。ただ、団栗《どんぐり》の背比《せいくら》べで並べられたときに、自分を選び取ってもらうわずかで大きな運が欲しいだけだ。

ノトは面白そうな笑顔を浮かべて、忍を見た。

「トイレに行くくらいには面倒かな」

「……出るんだ」

「まあ座敷わらしだって生殖《せいしょく》する」

「初耳すぎる」

「今となっては不可能に近いことだがな。そもそも女の座敷わらしがいないし、両方俺のような成体で、自分が消える覚悟を持っているとなれば、最早《もはや》そっちが怪談だ」

「子どもができても消えるんだ」

「消えないとどんどん座敷わらしが増えていくだろう？　一応自然の摂理には忠実なんだ」

精液が出るならトイレにくらい行ける気がする。——というか、あのときも——。

「や……やっぱりそういうのも、出るんだ」

思わず呟くと、またノトが頬にキスをした。

「ちゃんと忍の中に出ただろう？」

「覚えてねえよ」

とっさに言い返すが記憶はある。身体の奥で脈打つ感覚と、出されているとわかる苦しさの記憶だ。

そういえば始末までしてもらったのだな、と思うと気恥《きは》ずかしくなるが、今さらだ。あんなに触れられて奥まで暴かれて舐《な》められたのだから、自分が出したものを始末したことを特別恥ずかしがるのもおかしい。

「生気が欲しくなったらまた寝てくれるか？」

「馬鹿《ばか》言うな」

当然のようになりかけているキスから逃げながら忍はノトを睨《にら》んだ。

「生気が欲しかったら誰とでも寝るのかよ」

「俺は寝ないが、やろうと思えばできなくもない。枕営業というやつか」

「それとも違うような気がするけど……」

枕営業とはベッドを共にしたことを理由に、後日何かの見返りを得ることで、直接生気を吸い取ることをたぶん枕営業とは呼ばないと思う。


ポストの前で封筒から抜き出した紙を読みながら、忍は呟いた。

「妖怪って本当にいるんだなー……」

個人の保険会社の求人に応募した。個人といっても四十人を抱える大きな事務所で、最近流行《はやり》の総合保険相談所の形態をしている。一ブランドではなくほとんどの保険商品を販売し、業者から仲介料をもらい、消費者からはプランニングの手数料を貰う。

厳しい会社だが業績が伸びていると人気の業界で、年明けにはすっかり採用の席は埋まっていた。だが社員教育の厳しさのせいか、四月にしてすでに二人の欠員が出たらしい。

余りものには福があるのかもしれない。飛びついて面接に行ってみたら研修室いっぱいの希望者がいた。それを見るだけで、普通なら絶望的だと思っただろう。

八人ずつの集団面接だ。上手く喋《しゃべ》れたとは思ったが、ざっと数えるだけで応募者は四十人くらいいた。待ち時間の雑談の中から小耳に挟んだところでは、弁護士の資格を持っていたり、保険屋勤務の経験があったり、即戦力というならまったく歯が立ちそうにない男もちらほらいたようだ。いかにも窓口の相談業務に向いていそうな女性も多かった。

そんな中、自分のどこが買われたのだろうと思ったが素直にノトのお陰だと思うことにした。分不相応な採用かもしれないが、就職してから頑張ればいい。

「ノト。ノト。就職、受かった」

家に戻って玄関口から呼びかけながら居間に向かった。ノトはカワウソのために、部屋の隅に靴下で作ったハンモックを吊《つ》るしてやっている。

ノトがこちらを振り返った。相変わらず元座敷わらしとは思えない精悍《せいかん》な容貌《ようぼう》だ。忍の生気を得たせいでノトは美しさを増している。肌や髪の艶が増し、何というか清々《すがすが》しさが増した。よれよれのジャージがかわいそうだったので、最近忍の名義で通販を許した。高い服は買ってやれないが、ノトが着ると、安さがウリの量販店の品物でもものすごくかっこよく見えるのだからズルいと思う。

結局モデルのようなハウスキーパーがいるという状態だ。座敷おとこのイメージが底からひっくり返るようなノトの存在だった。しかもここは倒壊寸前の古民家だ。

なんか、すごく格好いいんですけど。

口の中で呟きながら、家に上がってノトの側に行く。

「採用通知だ。見て」

「本当だ。よかったな」

肩にカワウソを乗せたノトに、忍は改まって言った。

「ありがとう、ノト。ノトのお陰だ。頑張るよ」

「それを富と判断したのはお前だ。お前がそこを貴重だと思ったのだろう」

謙遜《けんそん》なのか褒《ほ》められているのかわからない返事をノトはした。ノトはいいヤツだ。変わったところはいろいろあるが、優しいし人を騙そうとしないところがいい。

「ありがとう。ノト。ノトと寝たことは、事故だと思って忘れるよ」

本当なら一生怒って許さないところだが、事情もあったしノトは誠実だ。それにこれ以上ノトを好きになったら、寂しくなるだけのような気がしていた。自分がノトを好きになってもたぶん、ノトの一番は祖父だ。思い出は美しくなるばかりだ。死んだ人と戦っても忍に勝ち目はない。

「寂しいことを言うな」

褒めた端からノトの腕が忍の腰《こし》を抱いてくる。これも素直さからなのはわかるが、やはりちょっと困る。

「忘れるのか？　忍」

熱っぽく囁くノトが、唇を合わせてくる。記憶より身体のほうが先にノトを思い出した。ノトの唇の熱さも、蕩《とろ》けそうに粘膜《ねんまく》で擦れ合ったあの夜も。

「わ……忘れるの、簡単じゃないよ。あんなえっちな……」

と言いかけて忍は口を噤む。忍の知るセックスからは想像もつかない濃密さの夜だった。自分があんなふうになるとは思わなかった。女の子みたいに喘《あえ》がされて、思考が止まるまで、あんなところを擦られて悦《よ》がるなんて。

「……ノト、甘いにおいがする」

すでに少しうっとりとさせられるこの香りは、本当に今も香っているのか、それともあの夜の記憶の香りだろうか。

ノトは忍の頬に唇を移しながら囁いた。

「生殖可能の印だ。欲情すると甘いにおいがするから、姿が見えなくても互いがいることがすぐにわかる」

なるほどよくできているんだな、と感心している場合ではなく、優しく背中を撫でていた手がゆっくりと腰に下りる。キスも舌先で触れてハチドリが蜜《みつ》を吸うような可愛らしいものではなく、しっとりと深くまで合わさる繋がりのようなものになった。

「してもいいか、忍」

「え……いや、あの」

「痛かったか？」

痛くはなかったが、本当に呑《の》み込まれるようなセックスだった。ノトに好意を持っているのはもうはっきりと認めるところだ。ノトと抱き合うのに初めのような抵抗感はなかったが、やはりああいうセックスは怖い。もう一度身体を広げられて擦られてみたい気持ちが半分と、戻れなくなりそうな不安と、本能的に感じる恐怖が半分と。

「い……挿れるのはナシで」

「いいのか。興味が湧いたか？」

自分から尋ねてきたくせに、ノトは意地悪なことを言う。

「ちょっと、……試してみたいっていうか、そういうの」

強がってそう答えてみたが、本当のところはここ最近ずっと、生きていたらノトとこうしていたかもしれない祖父に嫉妬《しっと》していた。

自分で自分の首を絞《し》めるというか真綿で首を絞めるというか、とにかく首を絞められている気分だ。

「——あっ……あ——！」

汗と精液とノトの唾液《だえき》にまみれて、忍は布団の上で喘がされていた。

「もう、舐め、ないで……！」

ノトとセックスをするとこうなることを忘れていた。

この間もひどい快楽だったことは覚えていたが、記憶といえば真っ赤になるくらいの快楽に呑まれたイメージだけで、ノトの唾液がおかしい成分を含んでいることを、忍はまったく忘れていたのだ。

「舐めなくていいのか？　本当に？」

忍の、痛むくらい固くなった性器に舌先を這わせながらノトが囁く。声の振動にさえむず痒《がゆ》さは増すようだ。触れると電流のような刺激が走る。

ノトの口にたっぷり含まれた先端が、ズキズキするくらい熱くて痒い。蜜を垂らす肉を、裏側から先端に舌でなぞり上げられると、うずうずしてのたうちまわるのを堪えられなかった。

ノトが忍の脚を大きく開かせても忍にはもう抵抗する力がない。濡れそぼった股間をノトの目に晒され、花の芯《しん》のように勃《た》ち上がった性器とその奥を無防備にさらけ出している。

「駄目、だ。そこも駄目」

指を入れることも許してしまった。つぼんだ場所を舐められたらたまらなくなった。一本入れるのを許したら、咥《くわ》えた指に吸いつくのが自分でもわかった。二本目も簡単に含んだ。三本目を入れられたら広げられる快楽を思い出した。そのまま擦られると、痒みを癒される安堵《あんど》と快感が混じって、もう忍にはどうされるのが望みなのかわからない。

「それでは、ここはどうだ？」

「ひゃ……！」

濡れた舌先で、乳首に触れられて忍は甲高い声を漏らす。そのまま前歯で噛まれ、しつこく引っ張られてびくびくと跳ねるだけで正気が蒸発してしまいそうだ。

「忍はどこが好きだ？　キスも、……乳首も好きだな」

そう言って、ぴたぴたとノトの舌先が忍の胸の色づきを嬲《なぶ》る。夢中になって悶《もだ》えていたら、下半身の苦しさがふっと楽になった。

「抜かな、い、でくれ。下……あ。いやだ」

ぬかるんだ音を立てていた忍の下の入り口から、指が取り上げられた。

ノトの唾液が染みた粘膜の入り口は、指に擦られて腫《は》れ、痒みで疼《うず》いている。閉じ切れず喘いでいるのがわかる。

「抜かない、で」

「また入れるのか」

恥ずかしかったがどうにもならず、ノトの鎖骨《さこつ》に前髪を擦りつけるようにして、忍は何度も頷いた。唆《そそのか》すようにノトが言う。

「指でいいのか。もっと大きいものがいいか？」

「……ノト、の。ノトのがいい」

忍の答えが終わらないうちに、忍の中に大きなものが割り込んできた。ぬうっと乗り入られて衝撃に息を呑む。だが大きなノトを咥え込んでも、不思議なくらい痛みはなかった。たぶんあの唾液と、この香りのせいだ。

唾液で粘膜に麻酔《ますい》がかかったようになり、香りで痛みに鈍感になる。身体の筋肉が緩む効果もあるのかもしれない。

「あ——……っ、あ。や。ああ……あ！」

大きく中を擦られても、苦しさはあっても痛みはなく、苦しささえも快楽の一部だ。性器を擦られる単純な快楽ではない波で何度も忍は絶頂に追い上げられた。忍が達すると、身体の中から何かが吸い取られるのがわかる。だがそれは落差が大きくなるだけで、次の快楽をもっと高くするものだ。

糸を引く指の間を、ノトが舌で舐めている。うっとりとした目で丹念《たんねん》に舌を伸ばす様は、食事という言葉が一番近い気がした。

「……忍。終わっていいか」

何度も達して、絶頂に至ってもほとんど空打ちに近くなった頃、熱の籠もった甘い声でノトが囁いた。

「いや、だ。……ちが……う。いい、よ」

初めて中に出されたときのことを思い出して、怖くなったがもういいと忍は思った。なぜこんなに「出された」記憶があるのだろうと思う間もなく激しく揺すられ、忍はすぐに理由を思い出した。

身体の奥にいるノトが脈打つたび、身体の中に何か吐き出されているのがわかる。最奥《さいおう》までノトを咥え、腰を反らしたまま、目を見張って忍はノトに問いかけた。

「何が、出て……っ……?」

ノトの精液はひどく多い。打ち出されるたび腹の中がぐっと膨《ふく》らんで、忍を苦しくした。

「子種だ」

溢《あふ》れるほど注ぎながら、苦しい表情でノトは答えた。

あとで訊いたら、さすがに人間の男を孕《はら》ませられそうにないが、奥に注いだものはそのまま身体に吸収されると言っていた。

花のように甘く淡い、儚い香りだ。

その夜は一晩中、夢の中までノトの甘い香りがついてきた。

†　†　†

新人研修の間、とにかく家に帰りたくてたまらなかった。

厳しいと評判の新人研修で、朝から晩まで鍛《きた》えられた。保険の業務知識はもとより、接客の基礎からだ。数字の書き方を徹底させられ、お辞儀の練習と手鏡を持って笑う練習まである。夜はペン習字の課題があった。

だが夢にしていた仕事だ。辛《つら》くはなかった。最新の保険の知識は興味深く、忍の知識欲は今までで一番輝いている。だが帰りたかったのだ。心底本当に。逃げ出すように。

「それじゃ。来月からよろしくね。時間とかはメールするから」

「は、はい。お世話になりました!」

「歓迎会は、期待しといて」

「い、いえ。お気遣いなく!」

金運がついてきたのだ。一週間の研修期間中、社の研修施設に入ることだし、あの家に住んでいないのだからと安心していたら、まず会社の自動販売機のジュースのルーレットに当たった。同僚に「運がいいな」とからかわれながら、内心まさかと焦《あせ》っていた。

研修の歓迎会があった。くじ引きがあって、まさかの一等かと思ったら、三等のタラバガニ缶詰《かんづめ》セットだった。それでも二十本中の三本だ。「山南は、昼間も自販機のアタリを引いてさ」と誰かが切り出すのにひやひやしながら、何となくタラバガニセットの箱の隅に貼《は》ってあったシールを捲《めく》った。シールの裏側に、《おめでとうございます！　一等・北海道旅行、食材セットが当選しました。このシールをはがきに貼って云々《うんぬん》》という文字が出てくる。

これはすごい強運の持ち主が入社したと、激励に来ていた社長が盛り上がって、忍自身のことはうやむやになり、ほっとした。

翌日、先輩たちに連れられてスロットに行くことになった。当たりまくるのはわかっていたし、タバコの煙《けむり》が喘息に悪そうだ。辞退しようとしたが《中小企業とは即《すなわ》ちマンパワーであり》から始まる先輩の説教を聞きながら連れてゆかれることになった。

絶対台には座らない。座らなければ当たりようがない。そう思って二ヶ月先に入った同僚の隣に立っていたら、同僚が異様な当たりを見せはじめた。これはマズイと思い、どこか別の人の側に行こうと周りを見回すと、周り中大当たりだ。

——当たっているうちに帰りましょう！

そう叫んで皆を連れて店を出ることにした。結局全員大儲《おおもう》けだ。謂わば二次被害というやつだった。

なぜ、と思うまでもなかった。富というのはたぶん実感できるのだ。富む気配があると身体の中から微かにノトの甘い香りがして、腰のあたりがじんわり温かくなる。たぶんノトが精液を吐き出した、あのあたりだ。

これでは俺が座敷わらし扱いされてしまう。

入社したらどうなるんだろう。

心配しながら電車に揺られて三駅離れた町まで帰った。

入社したあとも、付き合いスロットはもう絶対行かない。自販機も極力使用しないほうがいいだろう。他に何か危険そうなことはないだろうか。保険会社でいうところの大当たりとは何なのだろうか。

あれこれと考えを巡らせながら、改札を通り短い階段の前で忍は立ち止まった。

「ノト……」

階段下にノトが立っている。

忍は急いで駆け下りた。ノトはゆったりと周りの人を見回しながら言った。

「昔はけっこう人と目が合ったものなのに、見える人、減ったなあ」

苦笑いでノトは言う。誰にもノトが見えないらしい。大人ばかりだからか、それともノトが見える人間自体が減っているのだろうか。

そんなことより何でこんなところにノトがいるんだろう。

「こんな遠くまで出歩いたりして、危ないんじゃないのか？　消えるっていうの嘘？」

家から歩いてゆうに四十分はある。呑気《のんき》にこんなところまで忍を迎えに来ていて大丈夫なんだろうか。

ノトはやはり苦い笑いで忍を見た。心細そうに忍の手に指を絡めてくる。誰からも見えていないはずだからそのままにした。

ノトと手を繋いでいるのに、何となくふっと握りつぶせてしまいそうな錯覚がある。霧《きり》が詰まったシャボン玉を握っているように、手の中で弾《はじ》けてしまったら何も残らない感覚はたぶん錯覚などではなく、忍の本能が感じるノトの危うさだ。

ノトはそんな儚い指先で忍の手を握って歩き出した。

「——お前も帰ってこないかと思った」

そんな呟きにノトの孤独と寂しさを知る。

「馬鹿」

泣きそうになるのを堪え、そう呟くのが忍には精一杯だった。


新人研修が終わってから入社まで丁度一週間だ。運転免許を取り終えていない者が急いで筆記試験を受けに行ったり、通勤に都合がいい部屋に引っ越すための時間だった。

「やめろってカワウソ。くすぐったい!」

畳に転がる忍の人差し指をカワウソが両手で摑んで、指の先を舐めている。指先をぱたぱた動かしたら、何かゼンマイが入ったオモチャのように、ぴょんぴょんと飛び去っていってまたすぐに戻ってきて、忍の指に飛びつく。

カワウソは一日のほとんどを眠って過ごすが、起きている間は忍と遊びたがる。パーカを着ていたらフードに入られたこともあった。

忍が笑うと、カワウソは部屋の隅に走っていって、引き戸の隅の破れたところから土間に逃げていった。

「おいで。カワウソ。カワウソ」

寝っ転がったまま、土間でちょろちょろしているカワウソを呼ぶ。土間には薄い直射日光が差していた。昨日の夜中、ばりばりめしめしと音がしはじめて、弱く小刻みな地震のような揺れが来たあと、土間のところの屋根が陥没《かんぼつ》した。雨漏《あまも》りで黒く腐っていた場所だった。他に、忍がいない間に、使っていない部屋の畳も抜けたということらしい。こういうときは修理をするものなのだろうが、忍はまだ迷っていた。

茅《かや》ぶきの屋根を葺《ふ》き替えるとなると、最低でも三百万円ほどかかるそうだ。一旦《いったん》屋根を全部下ろし、新しい屋根を用意する。廃材の処理費用も必要だ。あるいは、茅ぶきをやめて瓦《かわら》の屋根に改造する。どちらにしても同じくらいの金がかかるらしい。

もしも忍だけがここに住んでいたなら、この家が駄目になる寸前までここに住んで、住めなくなったら諦《あきら》めて安いアパートを借りるというのが現実的だ。だがここには家と心中する気のノトがいる。

自分のために宝くじを使うつもりはなかったが、ノトのためなら話は別だ。もしも宝くじの賞金で屋根を直せば、ノトが生き存《なが》えられるならそうしようかと相談してみた。

――屋根を替えれば家の寿命は多少延びるが、屋根に残った人気《ひとけ》が減る。梁が残っているから、多少の延命にはなるかもしれないな。

つまり気休めにしかならないということだ。

あれからノトを説得してみたが、ノトはどうしてもこの家を出たくないらしい。宝くじの賞金を使ってこの家を修繕《しゅうぜん》し、ノトが消える日まで側にいてやるべきだろうか。だがその考えは忍が受け入れられない。ノトが消えるのは嫌だ。何とかしてやりたい。

「……」

ため息をついて畳の上で寝返りを打ったとき、土間の上に垂れ下がっている屋根の素材から、またぼそぼそと湿《しめ》った重い音がして、屋根が少し雪崩《なだ》れてきた。今度雨が降ったら土間のあたりは一斉《いっせい》に埋まってしまうだろう。

この家は梁が丈夫だから、すぐに潰れる心配はないとノトは言うが、どちらにせよ何らかの手を打たなければ、家の傷《いた》みはひどくなるばかりだ。家の傷みは土壁が剥がれたとき以来、急に進んだような気がする。忍が来て風を通したり、戸を開け閉めするようになったせいだろうか。それとも元々もう駄目だったのだろうか。考えてもどうしようもないことを想像していると、後ろで畳を踏む足音がした。

「……家が死にはじめたな」

ぽっかりと空が見える屋根の穴を見ながら、ノトが歩いてきた。

「ノト」

ノトは、肩を起こした忍の隣に胡座《あぐら》を掻いて座った。大きく空いた屋根の穴を眺《なが》めている。

「なあ、どうしてもノトはアパートは嫌か？　引っ越してみてどうしても嫌なら、あの宝くじで広い家を借りるとかじゃ駄目なのか」

借家が嫌なら、一億円あれば家くらい余裕で買える。ノトには暮らしの利便性は必要ない。どれほど田舎《いなか》でも山の中でもかまわないから、不動産屋のオススメ物件以上に、安くて広い家が見つかるはずだ。念のため、研修に入る前に宝くじの換金の手続きをしてきた。いつノトが家を欲しがってもすぐに支払えるようにするためだ。必要がなかったら通帳ごと焼き払うつもりでいた。

「言っただろう？　忍」

どれほど忍が説得しても、ノトは優しく笑って同じことを繰り返すばかりだ。

「俺は操と暮らしたこの家がいい。この家と一緒に消えると決めたんだ」

「俺じゃ駄目なのかよ」

我慢していた言葉がとうとう零れ落ちた。

家が壊れてゆくほどに、ノトの儚さは増してゆく。あれから何度かノトと身体を重ねた。布団にいる間だけノトの身体はひどく熱かったが、持つのはせいぜい朝までだ。

今、ノトを振り仰《あお》いだときノトが消えていてもおかしくない。そう思うと怖くて振り返れないくらい、自分はもうノトが好きだった。

「――忍と会えてよかった」

ノトの長い腕が、そっと忍を抱き寄せる。

「そんなこと言うなら俺と一緒に来いよ、ノト……！」

訴える声が涙声になっても、ノトは一定の静けさから嫌がりもせず笑いもしない。

苛立《いらだ》たしい自分の隣でノトが笑った。

「忍のせいで、誰も恨まずにいられるよ」

「座敷わらしって、慈善事業なのかよ」

人に富を与えて、裏切られても相手を慕って黙って消えてゆこうとする。

忍もさんざんお人好しの類《たぐい》だと言われてきたが、ノトほどではないと確信している。


忍は決心した。

もう一度、祖父の妹という人に会って、祖父の話を聞きたいと思った。

祖父と父のせいで、忍があの家の人たちに疑われたり嫌われたりしているのはもうわかっている。だが土下座をしても、彼女に会おうと思っていた。

翌日の朝、山南家に電話をして、祖父の話を聞きたいと頼んでみた。あらかじめ金が欲しいわけではないと前置きして、《父からも母からも、祖父の話を聞いたことがないから、何でもいい覚えていることを聞かせてほしい》と願った。

祖父の悪口を聞きたかった。

自分とノトが知る話を総合するだけでも、祖父の極悪非道ぶりはたいがいなものだ。それでもノトが祖父のことを嫌いきれないというなら、祖父を恨んでいるらしいあの妹から、ノトが祖父を徹底的に嫌いになる決定打を聞き出すしかない。

あからさまに迷惑な声の嫁《よめ》は、受話器を置いて彼女に伺《うかが》いを立てに行った。

廊下《ろうか》を歩いてゆく人の気配を聞きながら、忍は腹を括《くく》っていた。断られたら直接押しかけて玄関先で頼もう。

だが帰ってきた返答は意外な言葉だった。

――午後からでよければ。

会ってくれるというのだ。

礼を言って電話を切った。これも座敷おとこがくれた幸運だろうかと思うが、たぶんノトにとっては面白い話ではないだろう。

ノトには「明日出かける」とだけ言った。

珍しいな、と言ったがノトはそれ以上何も訊かなかった。

夜中にまた、屋根が壊れる音がした。

雨が降るまでにブルーシートを買いに行かなければ、と思いながらノトの腕の中で、忍は眠りについた。


菓子折《かしおり》を買ってバスに乗る。丁度、路線の端から端までだ。けっこう離れているのに、バス一本で行けてしまうあたりが何となく血縁めいたものを感じさせた。

二度目の玄関に行き、チャイムを鳴らした。相変わらず怪訝《けげん》そうな顔で奥さんが迎えてくれる。

この間と同じ部屋に通された。

お茶を淹《い》れた奥さんの後ろに、祖父の妹と靖《やすし》もいる。話を聞きに来ただけだというのに、随分疑われたものだ。必要以上にひどい警戒っぷりを不愉快に思いながら、忍は前回と同じソファに腰かけた。歓迎されないのはわかっていたから許容範囲だ。

目の前には祖父の妹が座っている。その隣に靖、奥さんはおばあさんの隣に立っている。

「今日はお忙しいところにありがとうございました。電話で話したとおりです。亡くなった俺のおじいさんがどんな方だったか、少しでもお話を聞かせていただきたくて」

おばあさんは黙って忍をしばらく眺めたあと、静かに切り出した。

「操兄さんの話ね。電話で伝えてないみたいだけど、あまり多くは話せないのよ」

おばあさんはそう言って奥さんに視線を送る。奥さんは気まずそうだ。

「どんな話でもいいです」

悪口なら願ったり叶ったりだ。

おばあさんは「そう」と言ってまたしばらく黙った。

「操兄さんは、兄さんが三つのときに養子に出された子どもで、私とはほとんど一緒に暮らしていないの」

「……そうなんですか」

拍子《ひょうし》抜けというか、予想外というか。もしかしたら悪口を言わない人かもしれないとは思ったが、兄妹として育っていないと言われるとは思っていなかった。祖父が三歳の頃なら彼女はいくつだったのだろうか。赤ん坊の頃なら思い出話もないだろう、骨折り損だったかもしれない。

「操兄さんは、あなたにあげたあの家で親戚《しんせき》と暮らしていてね、大人になってから、お茶問《ちゃどん》屋《や》の娘の家に入《い》り婿《むこ》に行ったの。養子に行っていたけど、形式上、私の家から入り婿に行くことになって、大きくなってからは何度も会ったわ。顔は忍さんにとてもそっくり」

「そうなんですか。そのままご結婚を？」

忍が尋ねるとおばあさんはまた黙った。

「昔の子どもというのはね、忍さん」

何か決心をするように姿勢を整えて切り出す。

「どこの家の子どもとか、誰と結婚するとか自分で決められるものではないの。それなのに、操兄さんは家の都合も考えずに長々と結婚を渋《しぶ》ってね。ようやくお式を挙げたら結婚初夜から外出したがるから、外にもう佳《い》い女《ひと》がいるんだと大騒ぎよ。私たちの家の面目をどれほど潰したか、私の両親も相手のご実家にどれほど頭を下げたかわからない」

「そうなんですか……」

それはもしかして、ノトのせいではないかと思ったが、相手が男で座敷わらしだったとは言いにくい。

「そうして結婚したの。そういうことよ」

いくらかモメはしたらしいが、結局祖父は祖母と所帯を持ったらしい。葛藤《かっとう》はあったらしいが、父や自分がいるということはそれなりの結婚生活だったということだ。ということは、どっちにもイイ顔をした二股《ふたまた》か。

話はそれで終わりのようだった。祖父が結婚を渋ったという、ノトにとって少し都合がいい事実と、二股という余計関係が濁《にご》るような事実が一つ。おばあさんの言うとおり、あまり収穫がなかったなと、忍が暇《いとま》を告げる言葉を考えていたとき靖が言った。

「忍くん。忍くん最近、宝くじが当たったそうじゃないか」

「……。……へ？」

あまりにも突飛《とっぴ》すぎておかしな声が出た。何で靖がそんなことを知っているのだろう。

「何日か前、銀行の人が預金の勧誘に来てね。たぶん、忍くんの家がわからなかったから、お父さんの住所を調べてきたと思うんだけど」

「……ああ」

銀行に登録したアパートはもう引き払っている。銀行のデータ上、父との家族登録でも残っていたのか、たぶん連絡先がこの家になっていたのだろう。

なるほどこうして、宝くじの当選というのはバレるのかと妙なところで忍は感心した。宝くじの当選など黙っていればいいものを、てっきり当選に浮かれた本人が喋るから、刃物で刺されたりタカられたりするのだと思っていたが、こういうケースもあるらしい。

預金の勧誘があったというなら当選金額も知っているのだろう。だが、その金は忍には使えない金だ。もしも使うとするならノトのためにと決めた金だった。

何と説明しようと思っているところに、靖は慎重な声音《こわね》で言った。

「この間忍くんにも少し話したけど、私たちは、君のお父さんの借金を随分肩代わりしてね、あの家だって、うちが何十年も税金を払ってきたんだ。忍くんにお金がないときは仕方がないと思っていたけど、こうしてタナボタの大きい金額が入ってきたら、少しでも返そうっていうのが、人の筋じゃないかね」

「それは……その」

たとえ父や祖父のものであっても、返すべき借金があるなら少しでも返したいと忍も思うが、その金は忍の金ではない。手をつけられない金なのだと、どう言い訳をしたものかと考えていたとき、おばあさんが顔を歪めた。

「……宝くじ？」

靖が説明する。

「うん。忍くん、一億円の宝くじが当たったんだって」

忍を見るおばあさんの顔は恐ろしいものを見るようにさらに歪んだ。

「——……気持ちが悪い」

おばあさんは呻《うめ》くように言った。そして妖怪でも見るような目で忍を見る。

「操兄さんといい、忍さんといい、本当に気持ちが悪い金運がある」

「いや、それは……」

二人ともノトのせいだとは言えない。おばあさんは顔を引《ひ》き攣《つ》らせながら目を泳がせた。

「変な金運があるから、操兄さんはおかしくなったの。一生の運をいっぺんに使い切るから、死なんかするんだ」

「突然死……？」

夭折《ようせつ》らしいのは察していたが、忍は祖父の死に方を知らない。事故とか殺人とか聞いていなかったから、てっきり普通に生きて病気か何かで亡くなったとばかり思っていた。

おばあさんの声は震えている。

「うちはお金で苦労して、操兄さんが婿に入るしかなくなるまで困っていた。兄さんが婿に行かなければ、父は首を吊らなければならないほど追い詰められていたのよ。それなのに兄さんは我が儘《わがまま》に結婚を拒み続けて、父は本当に苦労をしたの。自分ばっかり養子に行った先でちやほやと裕福に過ごしていて、金運ばかりよかったくせに、うちにはまったく分け与えようとしない。本当に操兄さんは欲張りで、身勝手で……」

ノトと暮らしていた頃だ。

おばあさんは堪えていた悪口を、我慢できなくなったように苦々しく零した。

「操兄さんにはね、他に佳い女がいたみたいで、あなたのおばあさんと祝言を挙げて三日目に、家を逃げ出そうとしたのよ」

「逃げ出したって……ただ外に出ただけじゃないんですか？」

結婚したからといって、ずっと家に引きこもっていろというのはおかしな話だ。二十歳《はたち》そこそこで結婚した忍の同級生だって、強がり半分かもしれないが新婚旅行が終わるなり、夜の街を飲み歩いているという噂《うわさ》を聞いた。

「いいえ」

おばあさんは厳しく否定した。

「結婚式の日に逃げ出そうとしたから、操兄さんにはずっと見張りがついていたの。今の人はわからないでしょうけど、昔の夜は本当に真っ暗。どこにも行くところなんてない」

決めつける口調でおばあさんは言った。気圧《けお》されて忍は黙る。

「着の身着のまま、裏口から裸足《はだし》で逃げ出そうとしたものだから、見張りの人が兄さんを地面に押さえ込んだのですって。そうしたら心臓麻痺《まひ》で死んでしまった」

「そんな……。何で突然、心臓麻痺なんか……」

もしも、祖父が、ノトを捨てたのではなく、帰れなかったとしたら。

「操兄さんは小さい頃から喘息でね、心臓も悪かったから裕福な親戚に養子に出されていたのよ。心臓が悪いと言い訳ばかりをして結婚を拒んだくせに、お嫁さんと関係を持った挙げ句、夜道を走って逃げようとするから、そんなことになるんだよ」

心臓が悪かったせいで、ノトと関係が持てなかったとしたら――。

「おじいさんは……父さんは、本当におじいさんの子どもなんですか……?」

まさかと心に押し寄せてくる確信がある。

「ええ。あなたのお父さんはそのときの子どもよ。操兄さんは昔から、悪運ばかりが強くてね。証拠はあなたよ。本当に、操兄さんの若い頃に生き写し」

家の責任を果たして、祖父は帰ろうとしたのだ。約束を交わしたノトのところへ。だが祖父は何も言い残せないまま、急死してしまった――。

「あ……あの、宝くじの件は、確認してからまた来ます。今日はここでお暇《いとま》してもいいでしょうか」

「おい、逃げ出す気かね、忍くん」

「いえ、お金はできるだけ返します。でもちょっと待ってください」

今すぐノトに知らせてやりたかった。

忍みたいな喘息で、さらに心臓まで悪かったとしたら、ノトと身体の関係を持つのは無理だ。それなのに誰に悪口を言われても全部一人で抱え込んで、自分の責任を果たしてノトのところに逃げ帰ろうとしたのだ。

何だか祖父に負けた気がする。胸の底から湧き上がる悔しさは嫉妬と敗北感だ。祖父は本当にノトのことが好きだった。

逃げるように忍は家を辞した。

バスの本数は少なくて、駅の方まで随分歩いて途中からバスに乗った。

ノトに知らせてやりたい。

――でもこれを聞いたら、ノトはどう思うだろうか。

今度こそ、本当に祖父の思い出と共に、あの屋敷で消えてしまいたいと言い出すのではないかと、それればかりが不安だった。


「ただいま」

「お帰り。何か拾ったか？」

「うん……何だかめちゃくちゃ重たいアタッシュケースを」

どんなときにもノトの金運は健在だ。

バスから降りた直後に、小さいのに尋常ではない重さのゼロハリを拾った。きっと金目のものだろうと思ったから近くの交番に届けた。忍の想像が及ぶ範囲では金塊といったところか。

「そうか。夜はカレーだ」

何も知らないノトは明るい。

それが妙に悲しく見えて、忍は部屋に行ってよそ行きを着替えながら少し泣いた。忍が持ち帰った真実は、ノトを満足させ、そして悲しくさせるだろう。

忍が話さなければ、これ以上ノトは傷つかない。ノトは自分が山南家に行ったことを知らない。今日のことをノトに言わずに根気よく説得すれば、いよいよ家が駄目になったら自分と一緒にこの家を出ると言ってくれるかもしれない。話してしまえば祖父への恋しさが余計募るだろう。今よりもっとこの家にしがみつこうとするのではないか。

ノトはキッチンでカレーを作っていた。祖父が暮らしていた時代にはカレーなどなかったと言い、インターネットでレシピを調べたらしい。玉ねぎをしっかり炒《いた》め、ニンニクや生姜《しょうが》をすり下ろす。ベーシックだが、適当に野菜を煮《に》てルーを割り入れるだけの忍のカレーよりちゃんとしたカレーだ。

ノトの隣で鍋《なべ》を覗いて忍は訊いた。話すのには勢いがいる。夜まで少し時間が欲しい。

「え……っと、ノトがもし調理しているときに人が訪ねて来たらどうなるんだ?」

忍がここにいるときはいいが、ノト一人だとおかしなことにならないだろうか。ノトは箸《はし》でジャガイモの煮え具合を確かめながら答える。

「作りかけの鍋がそのまま残っているように見える。それに今の俺じゃあ、子どもにすら見つけられるかどうかわからないな」

忍は駅でのことを思い出した。鍋を見つめたままのノトもたぶん同じことを思い出している。人の少ない駅だが、誰もが自分を見なかったらどれほど寂しいだろう。すべての人に見えない状態は、世界で一人きりの孤独と同じではないだろうか。

ふと忍の胸に心配事が湧き上がった。

「ノトがこれ以上弱ったら、俺にもノトが見えなくなるのかな」

ノトが見える子どもと見えない子どもがいる。その見える子どもにも、今の生気が落ちたノトは見えないかもしれないくらいノトの存在は儚くなっている。

もし自分にもノトが見えなくなったらどうすればいいのだろうか。ノトの声すら聞こえなくなってしまうのだろうか。それは別れというのではないだろうか。そうなったあと、ノトが生きていることをどうやって知ればいいのか。

「かくれんぼのルールというのがあってな。一度座敷わらしの住処になっている屋敷の中で、座敷わらしを見つけたらずっと見え続ける。かくれんぼに勝ったという判定だ。俺たちが出ていくのはそのせいだ」

「そうなんだ」

ほっとする忍にノトは言った。

「俺の姿を見るのは、忍が最後になる予定だな」

そんな言葉を訊いた途端、我慢する間もなく涙が零れた。このままではノトが寂しすぎる。何もかも諦めようとするノトの心に確かなものを与えてやりたいと思ってしまった。

「どうした」

「……話していいかどうか、わからない」

ノトに真実を教えたい。でもノトを助けたい。

ノトのシャツの脇腹を掴むと、涙は続けざまに落ちた。

「――どっちを選んだら、お前は楽かなあ……」

どちらを選べばノトが幸せなのかわからない。

ノトは労《いたわ》しい表情をして、忍の涙を指で拭《ぬぐ》った。

「まったく同じことを、操も言った」

親指でノトは忍の目許《めもと》を擦る。

「結局操が何を選んだかわからないまま、操はいなくなったがな」

苦笑いでそう囁かれて、もう喋るしかなくなってしまった。祖父が選んだものを今の忍は知っている。

「じいちゃんは出ていったんじゃない。ノトのためにこの家に帰ろうとして、帰れなかったんだ」

「忍……？」

教えてやりたい気持ちが走りすぎて、上手く説明できない。

「――じいちゃんは、ノトを捨てたんじゃないいんだよ」

火を止めて、居間に行った。昼間祖父の妹から聞いたことをノトに話した。

忍は床に抱えた膝《ひざ》に目許を押しつけていた。こうしていないと涙が次々と溢れて仕方がなかったからだ。

「どうせ死ぬなら、ノトの側で死んでやればよかったのに」

壊れた心臓で一度だけ身体を重ねられるなら、ノトを選べばよかったのに。

ノトは思い出すように黙って忍の言葉を聞いていた。しばらく考えてからしみじみと呟く。

「操の立場が苦しいのはよく知っていた。操は常に家族から罵《ののし》られていたからな」

「大事にされてたんじゃないのか」

おばあさんから聞いた話とも違う。この家の大人に可愛がられ、自分ばかり裕福に育ったと聞いていた。ノトは皮肉な顔で笑う。

「病弱なのを役立たずと罵られ、婿入りを拒んでは恩知らずと言われていた」

「そんなのおかしいよ」

「そういう時代もあったんだ」

祖父の妹と同じようなことをノトは言う。ノトは寂しそうに微笑んだ。

「それでも操は、自分はこの家にいるから心配するなと笑っていた。だから、操がいなくなったあともそれを信じてずっと待っていた」

「だからそれは、帰ってこなかったんじゃなくて、帰れなかったんだ」

あの晩、祖父はノトの側に逃げ帰ろうとした。あの様子では家に帰っても無事にいられるはずがない。もしかしたら、そのままノトと逃げることまで考えていたのではと忍は想像する。

「もうわかった」

ぐちゃぐちゃな言葉でノトに話したとき、ノトは驚き、そして忍に礼を言った。今も涙が止まらない忍の目許を指先で拭いながらノトは息をつく。

「……そうか。操は、俺のせいで」

「ノトのせいじゃない。ノトのためかもしれないけど」

祖父がノトを好きだっただけだ。約束を果たそうと頑張った挙げ句の不幸だ。でも一度きりしか抱き合えない命なら、ノトにすればよかった。もしもそのせいで自分たちが生まれなかったとしても、祖父の悲劇とノトの長い長い悲しみと失望を思えば、祖父の選択は誤りだったと思うしかない。

「違う。俺が、座敷わらしのルールを曲げたせいだ。操に見つかったのに、俺がこの家を出ていかなかったから、操はそんな手段を選んでしまった」

どこまでを事故と呼ぶか。どこからを運命と呼ぶか、何を恋愛というのか、判断できずに忍は何も言えない。

ノトに真実を伝えて、ノトの傷は埋まったかもしれない。でも新しい傷ができたのは確かだった。どちらがよかったのか忍にはわからない。でももしも自分が消えてしまうとしたら、恋した人の真実を知りたいと思うからノトに喋った。

「これでよかったのかな。ノトの気持ちは楽になった……？　それともやめればよかったのかな」

打ち明けた勢いで心が決壊したようになってしまった忍の髪を、ノトはずっと優しく撫で続けてくれた。忍の髪を、そしてたぶん、自分に生き写しだという祖父の髪を。

「お前も優しいな」

ノトのそんな言葉に、見知らぬ祖父を忍は想う。顔を見たことがない祖父。話したこともない人。だが残った事実の向こうに祖父の面影が見える。

物静かで情熱的な人だった。

ノトに五十年も待たせるくらい、誠実で優しい人だったのだ。

外がすっかり暗くなったあと、ふたりでぬるくなったカレーを食べた。珍しくノトが一緒に食べることになって、何だかそれが思い出づくりのようで嫌だった。

風が強い日だった。土壁が壊れていたところがさらに砕け落ちて、穴の面積は始めの三倍くらいになっている。

夜、落ち着いてから忍は、山南家を出てからずっと考えていたことを口にした。今、忍にできる最大のことだと思う。選ぶのはノトだ。

「二択だ。ノト」

旅番組を見ていた浴衣《ゆかた》姿のノトに忍は切り出した。

「俺と新しい家に引っ越すか、俺と一緒にここにいるか、決めてくれ」

ノトが怪訝な顔をする。忍は続けた。

「この家はやがて壊れてしまうだろう。壊れるならその瞬間まで、俺もここにいる」

あまり遠くない未来、確実にこの家は潰れて朽ちるだろう。ノトは祖父との思い出に添ってこの家と心中すると言っている。だったら自分もここにいる。この家が壊れ、ノトの姿が見えなくなり、声が聞こえなくなるまで。

ノトは首を振った。

「俺はいいが、お前は危ない」

ノトに言われなくたってわかっている。日々屋根は腐り落ち、土壁が剝がれ落ちている。茅ぶき屋根の重さはどれほどだろう。土壁だって倒れ込んできたときの殺傷力は現代の住宅の比ではないはずだ。

昔の家で、梁も柱も頑強に造られているから急にぺっしゃんこに潰れてしまうことはないと思うが、いつ屋根が大きな崩落を起こすかわからない。悲鳴のような家の音はひどくなり続けていた。土間の上の穴に引きずられて屋根全体が崩れそうなのを忍も感じる。バランスの崩れた屋根は、いつどこで次の穴を空けてもおかしくなかった。

自分が眠っているとき真上に崩れてきたら、それは運だと忍は思うことにした。

忍は膝の上に手をぎゅっと握り締めた。

「俺は、じいちゃんみたいになりたくない。じいちゃんみたいにノトに未練を残して死んだら、俺が妖怪に生まれ変わりそうな気がする」

「妖怪は未練を残してなるんじゃなくて、生物に近いと思うが……」

「うるさいな。じゃあ幽霊だ」

とにかくこの世に化けて出て、ノトを探すと思う。ノトが消えてしまっていたら、今度は自分がノトのように、何年でもこの場所でノトを待ち続けるだろう。

「……そんなの駄目だ。忍」

ノトは小さな声で答えた。

「だったら俺とこの家を出ようよ」

忍自身を人質に脅迫《きょうはく》めいた誘いをかけるが、ノトは黙ったまま何も言わない。


状況は引っ張り合う何本もの糸のようだ。

家が壊れるか、ノトが家を出る決心をするか。ノトが引っ越してくれると信じて、忍は新たな引っ越し先も見つけなければならない。

保険事務所の初任給が出るのは再来月だ。それまで敷金を払えるような余裕がない。この家を売ろうにもすぐに買い手がつくはずもないし、もしもノトが出ていかないと言った場合、ショベルカーでノトを殺してしまうことになる。

宝くじの金がある。だが祖父の話を聞いたら余計使ってはいけない金のような気がしていた。それにまだ他にも問題は残っている。

早朝から客が訪ねてきた。彼は清々しいほどほっとした表情で忍を見た。

「夜逃げでもしたのかと思ったよ。こんな家に住んでいて、忍くんは怖くないのか？」

忍の行く先がわからなくならないよう、様子を見に来た靖だ。家の屋根が陥没しているのに驚いて戸を叩いたらしい。

「そうですね。案外中は丈夫そうです。引っ越し先も探しているところです」

畳半分くらい剝がれ落ちてしまった土間の壁を見ている靖に言っても説得力はなさそうだが、ノトと根比べ中だとは言えない。靖はやはり信じていなさそうな表情で、だが否定もしなかった。

「そうか。引っ越したら連絡先は必ず知らせてくれ。まあ、携帯電話があるから連絡はつくと思うけど」

目で忍のポケットを見ながら、暗に携帯電話を勝手に解約するなと靖はにおわせた。

「はい」

山南家が立て替えた父の借金の金額は三百万円ほどだという。父が作った借金を、忍が払わずにすむ方法を忍も知っているが、彼らの気持ちもわからないではない。彼らは宝くじの金を当てにしているようだが、できるなら忍が働いて払いたいと思っている。

「じゃあ、気をつけて」

この有様を見ても《うちに来い》とは言ってくれない靖を忍は黙って見送った。——隣で堂々と立ち聞きをしているノトと一緒に。

「金があるのはいいことばかりではないんだな」

しんみりとノトが呟いた。

「そうでもないと思う。じいちゃんの疑いが晴れた今、おかしな勘違いをしてたのは父さんだけだってわかったし」

ノトの愛情によって、何もしなくてもボロボロ金が入ってきた祖父の話を聞かされて、父はてっきり自分もそうだと勘違いしてしまったようだ。かなりな額だったという遺産を受け継ぎ、一生湯水のように金が湧き続けると根拠もなく信じてしまったのだろう。祖父やノトが罪作りと言えばそうなのだが、忍は、ノトの脅威の金運に晒されながらも慎《つつ》ましく暮らしている。やはり父の考えの甘さや無責任と思うべきだろう。

ノトは納得できないようだ。

「金があるせいで、お前や操に嫌な思いをさせる」

「そんなことないって。金額が大きいから俺もちょっと意地になってるけど、普通くらいに金運がいいのは嬉しいよ」

一億だのレアメタルだのと言われると恐ろしいが、自販機のアタリくらいなら素直に嬉しい。会社で当たったあの一本だって、宝くじから始まる一連の金運がなければ、単なるラッキーとして喜んでいたはずだ。

暗い顔をするノトを励ますように忍は笑顔を浮かべた。

「とりあえず、ご飯にしよう？」

ノトは最近料理に凝《こ》っていてわりと手の込んだ料理を作る。忍が物心がついたときはすでに母は働いていて、いつも手抜き料理や総菜だったから、ノトが作ってくれる家庭料理が珍しかった。

「今日はチキンカツの梅サンドだって言ってたけど、本当にノト、そんな凝った料理が作――」

隣に立っているノトの手を支えに立ち上がろうとしたとき、ふっと手がすり抜けて、バランスを崩した忍はそのまま畳に手をついた。

「……」

数秒呆然《ぼうぜん》として、続けて愕然《がくぜん》とした。確かにノトの手を握った。ノトが握り返す感触もノトの体温も感じたのに、霧の塊を摑んでしまったように手の中で消えてしまった。

ノトも驚いているようだった。

二人共同じように自分の手を見てから、互いを見た。忍の気のせいではないことを裏付ける動きだった。

何を言えばいいかわからない。泣いてもどうにもならないし、しがみつこうとしてすり抜けたり——ノトが消えたらと思うと身動きもできない。

ノトが消えそうになっている。ノトがいなくなるときはきっと、こんなふうに突然触れられなくなってしまうのだ。

ノトは、忍の側に静かにしゃがんだ。そっと忍の頬に手を伸ばし、触れられるのを確認すると優しく包んでくる。ノトの手に温《ぬく》もりがあることを感じて、忍はおそるおそる自分の手を重ねた。ノトの手の厚みがある。恐怖と安堵を一度に与えられて心の中がぐちゃぐちゃになる。黙ってノトにしがみついた。ノトの胸元あたりに、泣きそうな目許を押しつける。

「しっかりしろ、忍。そんなで生きていけるのか？」

からかうようにノトは笑うけど、励ますにしたってひどいと忍は思った。

家がいよいよ駄目なのだ。忍の生気を吸ったから少しは具合がいいとノトは言ったけれど、回復にはぜんぜん足りていない。もしも外に出るなら今のうちでなければならないことも今はっきりわかった。これ以上ノトの命が希薄になったら、家を移るために外に出ることもできなくなってしまう。

「心配するなら、俺と生きろよ。俺はじいちゃんみたいにノトを置いていかないよ」

強くノトの胸に縋《すが》りつくと、ノトが忍を抱きしめた。腕の強さが苦しいのに涙は余計にひどくなった。

「この家がなくなる前に、忍と出会えてよかった」

どうしても受け入れてくれないノトの言葉を、今度は忍が撥《は》ねつける番だ。

「消えさせたりしないよ。――好きだ」

絶対諦めるもんか。

そう誓《ちか》いながら、忍はノトの背に回した手に力を込めた。


とにかく時間がない。

玄関先の草むしりをしながら忍は焦っていた。

ノトに時間は残っていない。忍も来週から仕事が始まる。引っ越すなら今だと何度もノトを説得するが、ノトはどうしても頷かない。

忍にできることといえば、家の保守とアルバイトだ。大規模に壊れた部分は無理として、屋根裏にあったあまりの木で土壁を押さえてこれ以上の崩落を防ぎ、庭を手入れし掃除をする。家の生気は人気《ひとけ》だという。ここまで弱ってしまった家が回復する見込みはないが、人が住んでいる気配で家は人を守ろうとするのだそうだ。

花壇《かだん》とかそういうのも有効だろうか。

雑草をごっそり退けたら出てきた古いレンガの花壇を見ながら忍は考えた。花を植えたら生気が増しそうな気がする。確かメガネ屋か本屋のどちらかのレジで、無料のアサガオの種を配っていた記憶がある。

忍は咳《せき》をして、額の汗を袖《そで》で拭いながら立ち上がった。明日、突発の陳列のアルバイトの募集が始まると耳にした。応募に行くとき両方覗いてみようか。

そんなことを考えながら、家の方を覗いたとき、開けっぱなしの玄関の奥にノトが立っているのが見えた。

それを見たとき、上下に視界がブレた。めまいだろうかと思ったとき、めしめしという音で違うと気づいた。

「ノト！」

崩れた場所から屋根がずり落ちそうになっていた。反射的に忍は家へ向かって駆け出していた。

「ノト！」

叫んで手を伸ばす。

「戻ってくるな、忍！」

ノトの怒鳴《どな》り声を聞きながら玄関に飛び込むと、大波のように上から落ちてくる屋根の下からノトが自分を引っ張り出した。ノトは上がり口に飛び込んだ。忍も引っ張り込まれた。

ノトに抱かれて上がり口の畳の上に倒れ込んだとき、どお、と音がして屋根が崩れ落ちてきた。みるみるうちに玄関口の一角全部が腐った茅で埋め尽くされる。濁流《だくりゅう》の滝のように土と茅が流れ込んでくる。流れはなかなか止まらなかった。

肩で息をしながらノトと抱き合っていると、奥の部屋の、床の抜けた部屋からも同じような音がした。

何でもない昼下がり。この家の寿命が尽きる、まさにそれが今だった。

忍は畳に座ったままノトにしがみついた。小さな崩落はまだ続いている。玄関先はもう歩けないほど埋まってしまった。もしかしてこのまま家の崩壊は止まらず、どんどん屋根が落ちてくるのかもしれない。

自分では無理だ。鯨《くじら》を生きさせようとするようなものだ。どれほど祈っても手立てがない。

ノトは頷いてくれない。

「……アパートに、行こう、忍」

壊れてゆく音の中で囁いたのは、ノトだった。

「ノト……」

忍は苦しい声を絞り出した。ノトの決心が嬉しかった。そしてかわいそうだった。ノトは忍を守る代わりに、祖父の思い出をここに置いていくと決めてくれたのだ。

ノトは、忍の頭を抱き込むようにしながら呟く。

「俺は忍に、操と同じことをするところだった」

ノトの側に戻ろうとして命を落とす。さっき、もしも忍が瓦礫《がれき》に潰されて死んでいたら、奇《く》しくも同じ原因になったかもしれない。そんなことはしないけれど、と心の中で呟いて、忍はノトを抱き返した。

「新しい部屋は何とかする。とりあえずそこに移っていい方法を考えよう」

四月の異動時期だ。不動産屋に相談したところ、今すぐ移れる物件は建ったばかりの団地の一室だけだということだ。一階の角部屋で裏に水道管が通っていて音がするから、なかなか契約者がなくて破格値にしたばかりだという。

破格値といったって新築の部屋だ。敷金の予算をかなり超えている。

何とか待ってもらえたら——。

家賃だけなら給料で払えそうだ。だが初めに纏まった金がいる。宝くじの賞金に縋るべきか。それは嫌だと思うけれど、背に腹はかえられない。

このまま立ち上がって、印鑑《いんかん》を握って銀行に駆け込もうと忍が決心したとき、外から大声がした。

「大丈夫ですか！　中に人はいますか！」

男の声だ。

「大丈夫ですか！　誰かいますか！」

繰り返し呼んでいる。靖ではないようだ。

「大丈夫です！」

忍は大きい声で答えた。

「危ないです！　裏から出ますから、来ないでください！」

ノトに目くばせを送り、忍は縁側のほうから外に出た。

てっきり近所の人かと思ったのだが、表玄関の前に見えたのは警察官だ。家が崩れたと通報が行ったのだろうか。それにしたって早すぎる。

「どうしたんですか！　大丈夫なんですかこれ⁉」

壊れた家を指さし、警察官が忍に尋ねた。

「はい。俺は無事です。家族も俺一人です」

「そう。よかった。突然崩れたの？」

「はい。貴重品を纏めてすぐに出ますから心配しないでください」

何とか人を遠ざけて、その隙にノトを連れて外に出よう。

だから早く帰ってくれないか、と、家の方を覗き見ている警察官を苛立たしく思う忍に、警察官は尋ねた。

「えっと、あなたは山南忍さん、でしたね？」

「……はい」

なぜ自分の名前を知っているのだろう、とびっくりしながら警察官の顔を見ると、見覚えがあった。どこでだっただろう。忍が思い出すより先に、警察官が封筒を取り出した。

「この間は拾得物を交番に届けていただき、ありがとうございました。アタッシュケースの持ち主が現れまして、山南さんへのお礼を預かっています。中味は純金の美術品だったそうです。これはお礼ということで現金が入っています。お確かめください」

渡されるまま忍は封筒を手に取った。ダンボール紙くらいの厚みの何かが入っているのがわかった。


普段なら絶対こんな距離で利用したりしないけれど、と思いながらタクシーを呼んだ。とにかく一刻も早く家を出るべきだ。ダンボール箱に穴を開けた即席ケージにカワウソを入れ、貴重品類だけを持って出る。

先に忍がタクシーに乗り込み、続けて隣の後部座席にノトが乗り込んだ。

「お客さんどちらまで」

ミラー越しの運転手の視線は忍しか見ていない。

忍は団地がある町の名前を告げた。就職先から近い場所だ。駅四つ分だが、いったい何千円かかるだろう。不動産屋に電話をして、今住んでいる家が倒壊しそうだからとにかく今すぐ入りたいと電話をした。現金と鍵《かぎ》を引き換えることになった。契約書はその場で書くことになっていた。

「このお金、使ってよかったのかな……」

もうどうしようもなくて、警察官が持ってきてくれたお礼の金に縋った。

「ノトのお金なのに」

運転手は独り言の多い客など慣れっこだろうからと、声音を落としてノトに話しかける。

「それは忍の金だと思う」

「違うよ。だって拾いものだよ？」

「アタッシュケースは富だが、それは忍と相手の善意だ」

もしもアタッシュケースを持ち帰っていたならノトの力だ。でもこれはアタッシュケースを忍が交番に届けて、そのお礼だとノトは言う。ノトの力の及ばないところだ。忍の正直な判断の延長線上にこのお礼の封筒はある。

「……そうかな」

そうだと嬉しいと忍は思った。そうならこれこそが運だと思って、ありがたく使わせてもらおう。

忍はぼんやりと町の景色が流れていく車窓を眺めた。

とりあえず家を出られた。入れる部屋もある。これでノトと暮らせる。小さい部屋だが急場は去った――。

単調に電柱が横切る車窓を見ていたら、急に身体の力が抜けてしまった。忍はノトに寄り添って目を伏せた。

ノトを新しい部屋に入れたら忍だけ、一度あの家に戻って必要なものを運び出し、土木会社に相談してみよう。すぐに取り壊し作業ができるかどうかわからないが、あのまま放置しておくのは危険だ。山南家にも連絡を取ったほうがいいだろう。

忍の膝の上に置いた箱の中で、カワウソがコソコソ音を立てている。ペット可能な物件というのも、選択肢を狭めた原因だった。妖怪可物件など聞いたことがないからノトはいいとして、カワウソは本当に動物だ。あの家のようにとは言わないが、できるだけ自由に暮らさせてやりたい。

車に揺られながらあれこれと考えていると、張り詰めていた糸が緩むように、だんだん眠気が押し寄せてくる。

忍のほうからノトと手を繋いだ。どうせ運転手にノトは見えないからいいや、と思ってふと手許を見る。

――繋いだ感触はあるのに、ノトの手が見えない。

「わあ！　なんか消えかけてる！」

思わず叫んでシートから跳ね起きると、バックミラーに怪訝な視線を寄越す運転手の目許が映る。やばい、と思ったがこっちもやばい。隣を見るとノトの顔は見えるが、何となく車内が透《す》けて見える気がする。忍は透明なパネルの隙間から、勢いよく助手席に縋りついた。

「あ、あの、どこか。どこかホテル、ありませんか⁉」

忍が尋ねると運転手がわりと冷静な声で訊く。

「どういったホテルでしょう」

「どんなホテルでも……いえ、ビジネスホテルでお願いします！　近いところがいいです！」

「そこのでもいいんですかね」

と言って指さす先に何件かビルのようなものがある。

「はい。大丈夫です！」

タクシーはすぐに停まった。お金を払ってノトを連れてフロントに飛び込む。

「あいにく満室となっております」

平日なのに駄目のようだ。フロントの男は肩を乗り出すようにして、エントランスの左側を手で指した。

「ご宿泊の条件がありませんでしたら、このすぐ奥の方にもう一軒ビジネスホテルがございますが」

「あ、ありがとうございます。助かります！」

カワウソを抱えて急いでそのホテルに行ってみた。ちょっと路地っぽく薄暗い通りで、紫色に光る看板が田舎町にある寂れたスナックのようだ。

訪ねてみると、古くて狭いせいか空室があるようだった。

「一泊二名でお願いします。ベッドはお任せで」

「お待ち合わせですか？」

ノトが見えない受付の男性が聞く。「そんなものです」と答えて鍵を貰った。

誰とも会わずに部屋に転がり込む。ベッドはダブルだ。

「とりあえずこれでいいか」

と言ってノトを振り返ると、背後に立っていたノトはタクシーの中にいるときより姿がはっきりしているように見えた。

ノトは不思議そうな顔で頷いた。

「ああ、人の気配があるから、ちょっとは充電できそうだ」

「よかった……」

心底ほっとしながら、忍はノトを部屋の奥にやった。ノトが落ち着いたらカワウソのためのペットホテルを探しに行かなければならない。

ノトは部屋を見回したあと、おそるおそるベッドに腰かけた。ベッドがちゃんと沈むのを見て、忍はさらに安心する。

「ありがとう」

改まってノトは言った。忍はノトの側に歩いていって腰を折り、ノトの頬にキスをする。体温があるのにほっとした。唇に伝わる感触もしっかりしている。

忍はそのままベッドの足許にあるテレビのところに行った。抽《ひ》き出しの中にキーボードが入っていて、プレートに無料でネットが使えると書いてある。落ち着きたいところだが、やることはまだたくさんある。

「弁当屋とペットホテルを検索しないと。カワウソがかわいそうだ。……って冗談のつもりじゃないからな」

一応念押しをして、検索画面を立ち上げる。ビジネスホテルだから食事がない。ペットホテルかフェレットを預かってくれるペットショップを探さないと、と思いながらそれらしきキーワードを検索窓に打ち込んでいるときだ。

部屋の外で、何だかばたばたと騒がしい気配がした。人が廊下を走っている。

マナーの悪い客でもいるのだろうか、と思ったが足音は続いている。

まさか火事？　そんな考えが過るけれど非常ベルは鳴らない。ホテルの外で、バタンバタンという車のドアらしき音が続けざまに聞こえてくる。

なんだろうと思いながら、ドアの方を見ていると部屋の電話が鳴りはじめた。フロントからで「今からお願いごとに上がりたいのですが」と言う。何だろうと思いながら、念のためにノトをドアから死角の位置に移動させて待っていると、しばらくしてドアがノックされた。

ホテルの制服を着た女性が立っていた。

「お客様には申し訳ありませんが、お部屋をお移りいただくことになるかもしれません。ご紹介するホテルに移っていただくか、ご案内どおりにお部屋を移っていただきたいのですが」

「どういうことですか？」

いかにも古びたホテルだ。水漏れか何かを起こしたのだろうか。

女性は言葉を選び、口籠もりながら説明した。

「あ、あのですね、中東の王族の方が、急に当ホテルにご宿泊することになりまして、まずはご本人様がお越しの前に、ご家族の方……？　などが当ホテルを改装してくださるということでして……」

「……はい……？」

忍の想定の中にはない答えだった。女性は、ええと、とホテルマンの口調を崩して続ける。ホテルのマニュアルにはなさそうな言い回しだ。

「占いで、当ホテルのとある番号のお部屋に泊まらないと死んでしまうと言われたそうで、その会社か……ご家族か、召使《めしつか》いの方などが、家具や絨毯《じゅうたん》などを運び込まれて、その、当ホテルを豪華《ごうか》にしてくださるそうで」

説明されて反射的にノトを見た。

ノトは疲れたように忍を見ている。

ホテルの女性の覚束《おぼつか》ない説明を、ええとかはいとか受け流し、「お任せします」と答えて忍はドアを閉めた。鋭くノトを振り向く。

「働いてる場合じゃないだろ！」

どう考えてもノトのせいだ。

たぶんこのホテルは、砂漠の王様が泊まるために大改装が始まるのだろう。一人でやってくるわけもないし、この近辺は大繁盛だ。

死にそうな座敷わらしのくせに、こんなムチャ振りに近い仕事をしなくてもいい。

ノトは一人掛けの椅子《いす》に座って頭を抱えていた。

本当に疲れていそうな声でノトは呻いた。

「好きで働いてるんじゃないよ。嬉しいとこうなるんだ」

加減の効かない座敷わらしの本気を垣間《かいま》見た気がする。


結局部屋を移動することにした。王様が指定してきたのは案の定、忍たちが泊まっていた部屋のようだ。宿泊費ホテル持ちで、別の豪華なホテルに移動することを勧められたが、移ったらたぶん二の舞だ。

広いというだけで特に豪華でも新しくもない最上階のスイートルームに入ることになった。

しばらくして外国人がやってきた。部屋を移る迷惑をかけたと現金をくれた。ドルだった。

これもあの通帳行きだな、と思いながら受け取った。

ノトはベッドに寝そべっている。ようやく人心地ついた気がして、忍はノトの側に行った。

クイーンサイズのベッドの端に腰を下ろし静かにノトに抱きついた。

「座敷おとこ的にホテルの居心地はどうなんだ？」

「人の気配が多くていい。かくれんぼのしがいもありそうだ」

笑うノトとキスをした。状況はまだあやふやだが、窮《きゅう》地《ち》は脱出できたらしい。

ノトの目を見つめ、頬を挟むように両手で触れてみる。まだどこか儚い感じがするが、しっかりと感触もあるし向こうが透けて見えるのが収まっている。ほっとしながらもう一度ノトと抱き合った。微かな花の香りがする。

「一緒に来てくれてありがとう、ノト」

ノトの首筋に頬を押し当てながら、忍は囁いた。

忍があそこに残っては危険だからと、あの家を出る決心をしてくれたに違いない。一度はあの家と朽ちる決心をしたノトが、あの家を離れて忍と共に来てくれたのが嬉しかった。

祖父との思い出が詰まった家だ。真実がわかったからなおさら、あの家でノトは祖父を偲《しの》びたかったに違いないのに。

「きっと操も喜んでくれる」

「うん」

もしも自分の心根が少しでも祖父に似ているというなら、死んだあとも寂しいノトを心配しながら過ごすだろう。これで祖父も少しは安心できただろうか。ノトが抱いていた誤解を五十年ぶりに解いた自分にならば、祖父はノトを譲ってくれるだろうか。

「あの家も早く助けてやらないとな。取り壊すことになるけど、いつまでもあのままじゃかわいそうだ」

人がいなくなったあとも、ノトを守ってくれた家だ。家にも意思があるとノトは言った。祖父の願いを叶えたのか、忍がノトに出会うまでノトを守ってくれた家にも、確かに何かの精霊が宿っていたのだろう。役目を果たして朽ちた家を、失礼のないように、丁寧に片づけたいと思っている。

「忍は優しい。家も喜ぶだろう」

「そうかな」

そうだといいなと願いながら、忍は最後に見た家の佇《たたず》まいを思い出した。陥没した茅ぶき屋根。傾いた壁。切なく傷んだ姿だったが、タクシーに乗る寸前、坂の途中で振り返った家は、自分たちを見送ってくれていたように見えたのだった。

忍はもう一度、ノトの頰を撫でた。

祖父と家から受け取ったノトと、これからふたりで生きてゆく。とびきりおかしな人生になりそうだが、ノトがいれば寂しくも不幸でもない。ノトも優しい瞳で見下ろしていた。いとおしそうに忍の前髪を生え際から後ろに撫でていたノトは笑う忍を不思議そうな目で見る。

「どうした？」

「……なんか巨万の富もいいかなって思って」

ノトが健康なら金などどうでもいいとわかった。富の落としどころも思いついた。ノトがくれる富を片っ端からあの通帳に突っ込んでいけばいいだけだ。税務署だって得る以上の金は取らないだろう。不自然に払うべき金はそこから引き落としてもらって、自分たちはやはり金にはノータッチだ。座敷おとこが生み出した金から税金を徴収するというのも奇妙な話だが、現実的にはそうするしかないし、それでいいと思っている。

「でも家がなければ力が発揮できないな」

大口を叩いたばかりのノトが思案げな顔で呟いた。

「団地の一室でもいい？」

ベッドの上でノトのキスを受けながら、忍は尋ねてみる。ノトは不平を言うかもしれない。だが今の忍にふさわしい部屋はそのくらいだ。側にノトがいてくれれば最高だった。

「人が住んでいる家ならいい。できれば別室が欲しいが」

「２ＤＫだよ。ひと部屋使っていい」

頑張って働こうと忍は思った。

そして、頑張って、いつかノトとかくれんぼができるような一戸建てを買うのだ。

「ああ、十分だ。だがその前に一度」

目を細めて忍にキスをするノトの瞳が、青く揺らめいているのが見える。

「まとまった生気をいただこうか」


座敷おとこの精液には、座敷おとこ本体の力ほどではないが、富を呼び込む力があるようだ。

「やめ、て。もう……ッ、出すぁ……ッ……!」

ノトの射精は変わっていて、一度のセックスで数回に分けて吐精する。たぶん彼らの精液の量が多いからだ。一度目を身体の奥に吐きそれを潤滑剤《じゅんかつざい》にして、よく滑らせて二度目を吐く。三度目はたぶん精液の種類が違い、極端に量が多くて花の甘いにおいがした。

「くるし、い。もう。入らない、よ、ノト……ッ……!」

「絞っているのは忍だ」

二回吐かれたあと、身体の奥が膨らむのがわかるくらい大量の液体を注ぎ込まれた。ひどく苦しかったが、忍を苦しめたのはそれだけではない。ノトの精液の中にはアルコールのように身体に沁《し》みる成分が入っていて、三度目の液体を注がれると身体がかあっと熱くなった。

そこをノトの凶悪な肉で擦り上げられると、正気を失いそうな快楽がある。

「ひゃ。……ッア！　あ。あ！」

押し出された粘液が、合わさる場所からとろとろと漏れているのがわかる。こんなに中に注がれているのに、終わったあとは体内からは何も出ない。身体に吸収される感覚があった。花の香りに似た、甘いノトの精液は奥深い場所で忍の身体に沁み込んでゆく。

実際、忍の身体からはいつも微かな花の香りが香るようになった。人の精液の青く生々しいにおいではなく、野の花を胸ポケットに挿しているくらいの微かに甘いにおいだ。

「く。は……っ、あ！　――ひ……っい……！」

ノトは忍の中に吐き尽くそうとするように、激しく忍を揺すった。

勢いに釣られて忍までまた達しそうになる。

「忍――……！」

熱で焼けた囁きが耳に触れる。そのまま息ができないくらいに抱きしめられて、忍もなけなしの精液をノトの下腹に放った。


――あの庭だと、忍は思った。

随分様子が違っているが、壊れた祖父の家の、祖父の部屋の前にある庭だった。忍の記憶

にある草ぼうぼうの荒れ果てた庭ではなく、生け垣はさっぱりと刈り込まれ、竹の囲いも清々しい。薄紫の紫陽花《あじさい》が鞠《まり》を作り、サルビアが庭の片隅を赤く染めている。高く茂《しげ》った庭木の隣に男が立っている。痩《や》せた身体に紺色の着物を纏った男だ。足には草《ぞう》履《り》を履《は》いている。

——ノト。見てごらん。ヤマモモの実がなってる。

男はこちらに向かって話しかけるが、知らない声だ。何となく自分の声に似ているような気がする。

——もう部屋に戻れ。身体に障《さわ》る。

自分のすぐ近くから呼びかけるのはノトの声だ。姿は見えない。

男は枝に手を伸ばし、赤い粒《つぶ》をいくつか摘《つま》んでこちらに戻ってきた。草履を脱ぎ縁に上がる男の顔が近づいてくる。鏡で見慣れた顔だ。だが忍には泣きボクロなどない。

映画を観ているように、動きも視線もまったく自由にならなかった。これはノトの夢だろうか。だとしたらたったあのくらいの動作で息を切らせて、辛そうに寄りかかってくるこの男は祖父なのだろうか。

——ノトにもやろうか。

——いいや、操が食え。見ていてやるから。

映像の中でノトが赤い実を乗せた手を取る。ひやりとした感覚があって忍は思わず息を呑

話しかけてきた。

んだ。最後に触れた母の手と同じ温度だった。もっと冷たいかもしれない。

操と呼ばれた男――若い頃の祖父は、手のひらからヤマモモの実を摘んで口に入れながら

――私は、父に頼み事をしたんだ。

――何の？

――もしもうちの財が尽きることがあっても、この家だけは最後まで残してくれと。

――俺がいる限り財が尽きることなどないな。操はそんなにこの家が好きか？　財ならもう、城が建つほど貯まっただろう？

昔からノトは自信家だ。祖父が目を伏せると、軽く反った睫毛《まつげ》が見える。蒼白《あおじろ》い頰は見えるが、前髪に隠された祖父の表情は見えない。祖父は青い唇で呼吸をしながら呟いた。

――ノトが、いつでも私を思い出せるように。

それが祖父の、ノトを守ろうとする言葉だったのか、ノトを家に縛《しば》りつける言葉になったのか今でも忍は判断できない。処分された山南家の遺産の中で、あの家だけが忍に残された理由もそうかもしれないし、違うかもしれない。

――ここで待っていてくれ。ノト。

――操……？

――ノトを一人にはさせないよ。

夏の美しい庭で彼らは約束を交わし、ノトの腕の中で祖父は一人、決心をしたのだ。

† † †

一晩泊まってノトが回復したところで、ホテルを出て団地に向かった。

団地は現在建て増ししているらしい建物群の、二番目に新しい棟《とう》で、２ＤＫとはいうものの部屋はまあまあ広かった。各部屋にドアがついていてキッチリ引きこもれるから、ノトも気に入ったらしい。

ちなみに昨夜のホテルは、出るときにはすっかり様子が変わっていた。改装が急ピッチで進んでいるようで、すでに床からは汚れたクロスが剝がされ、大理石のパネルが敷かれはじめていた。黄ばんだ壁紙も取り除かれて、外国人の作業員が上等な黒い木の板を端の方から張りつけている。王様の宿泊が終わってもカーペットや椅子などを持ち去らないだろうから、たぶんこのままホテルに譲られるのだろう。

そして山南家のことだが、父がかけた迷惑の金額は宝くじの賞金から返すことにした。忍が働いて返したいと言ったのだが、ノトはこう答えた。

――座敷わらしに狂わされた人間の負債だ。俺が与えた富で清算してはどうだ――。

使い方を間違えたのは父だが、父にノトのせいだと知る術《すべ》はなかった。ノトのせいでもないと思うが言葉に甘えることにした。父と祖父があの家に迷惑をかけたのには違いない。

団地の家賃五万円。就職すれば住宅費補助一万五千円が支給される。

忍はアルバイトの給金が入った茶封筒を手に、ノトの膝に抱かれていた。

「ノトがくれるお金に比べたら塵《ちり》みたいなものだけど、俺が普通に稼いだお金で、ノトを守るためのお金だ」

「うん」

「本当にここで生きていけそうなんだな?」

「ああ。意外なことに」

とりあえず団地に移り住んだらすぐに、ノトが暮らせる少しでも大きな家を探さなければならない。そう思っていたのだが意外なことが起こった。

ノトがみるみる元気になった。

こんな狭い部屋で、相変わらず生気といえば忍とせいぜいカワウソくらいなのに何でだろう。ノト自身も首を傾《かし》げていたが、理由はすぐにわかった。

ノトはどうやら、団地の建物全体を一軒の家と認識したらしい。

六階建て六棟、三十六世帯、住人はおよそ倍くらいなものだろうか。

七十人あまりの生気がノトに供給されることになったのだ。これはノトの命を繋ぐにとどまらず、忍に見られたせいで進む、ノトの時間を止めるに値する生気らしい。望んでもみなかった環境だ。ノトはこれで消えずに済む。

「俺が死ぬまで生きてろよ」

ノトの首筋に腕を回しながら囁く。

「年金貰いはじめても家賃だけは払うよ」

「座敷わらし冥利《みょうり》に尽きるな」

ノトは笑ってキスをしたから、忍もキスを仕返した。

「若返った気がするけど、わらしってほどではないと思うよ?」

子どもではなく忍が見とれるほどの青年だ。

長いキスをしたあと、額を合わせたまま、目を伏せてノトが囁いた。

「お前が消えたら今度こそ消えると思う」

健気《けなげ》なことをノトは言う。

「うんと長生きをするよ」

忍は誓った。富を得るためではなく、ノトと一緒に生きるために。

† † †

チャイムが鳴った。

今度は何だろう、と思って気怠く忍は玄関に出た。立っていたのはこの棟の班長だ。ここに越してきてからもう何度部屋を訪ねてくれただろう。

ドアのところで簡単に説明を聞いた。わかりましたと答えて、忍は部屋に戻った。

「――駐車場から温泉が出たから、共同利益の説明会を夜七時から、だって」

そう言いながらドアを開けてノトを睨んだ。

「加減するって約束しただろ?」

「わかっているが嬉しすぎて駄目みたいだ」

開き直ったように白々とノトは答える。

金運は忍のみにとどまらず、マンション全体に及んでいるらしい。どこの家に何が起ったかはわからないが、出ていった家族に何かが起ったのは明らかだった。彼らはまとまった金を得て、広い部屋に引っ越したのだろう。金運的にはこの団地に住み着くのが正解だ。だが引っ越したり家を得るのに丁度いい金額で終わりにしておけば、人生も歪まないのかもしれない。

「団地だから富も均等に配分されるわけ？」

忍に一点集中するより誤魔化《ごまか》しやすいはずだ。それにしたってひどかった。みんなが豊かになるのはいいが範囲がわからない。とりあえずこの棟が中心らしいが本当だろうか。

「メインは忍だが、余波はあると思う」

団地に引っ越して半月ほどになる。その間に起こったことを元に、ノトの影響力を何とか調整している最中だ。

うっかりすると忍に大金が転がり込むから、団地全体を一軒としてできるだけ金運を薄めることにした。その代わりノトは団地全体の生気を栄養にして、忍に見つかったせいで進む年齢のアンチエイジングにも回している。これでおよそとんとんのようだ。ノトが若返りすぎたときは金運にして放出する。すると忍か、どこかの家が富を得て、この団地からアパートやマンションに引っ越してゆくという絡繰《からく》りだ。

そしてまだ確証はないのだが、忍の喘息が昨年よりいい気がする。自立したからとか部屋が新しいからとか、就職して気力が充実しているからとか、ノトとの生活が幸せだからだとか、いくつか要因には思い当たるが、心の中ではノトと身体を重ねるたび注ぎ込まれる、ノトの精液に身体にいい何かが含まれていて、忍の身体を丈夫にしているのではないかと推測している。この部屋に来て以来、寝込むような発作を起こしていない。

「たぶん、ここの団地『金運団地』とか言われるようになるんだろうな……」

忍はため息をついた。

すでに評判は広まりつつあって、空き部屋待ちの人がいるという噂だ。

「あんまり評判がひどくなりすぎたら引っ越すしかないけど」

あまりに金運がいいのは地中にパワースポットのような何かが埋まっているせいかもしれないとして、掘り起こしてみようという案まで出始めていると聞いていた。

今のところノトにとって団地以上にいい環境はない。ノトがもう少し回復したら、もう一部屋くらい多いアパートに引っ越してもいいと思うが、金運を人数で割るとすると団地くらい人がいないと難しい。

腕を組んでため息をつく忍の唇を、ノトは親指で撫でた。

「広いところに引っ越したら、忍がもう少し声を聞かせてくれるならそれでもいいが」

「俺はおかしな人のレッテルを貼られるのは嫌なんだよ！」

団地だから隣の部屋との距離が近い。表面的に、この部屋に住んでいるのは忍一人だ。もしノトの姿を見られてゲイだと認識されるのはかまわないが、夜中に一人で切羽《せっぱ》詰まった喘ぎ声を上げる人と思われるのは、社会人としてどうしても避けたい。

お陰でシーツやバスタオルを噛み締めて、声を殺すことになってしまった。名誉《めいよ》を取るか開放感を取るかはこのあとじっくりノトと検討するつもりだ。

難しい顔でため息をつく忍に、ノトは困ったようなため息をついた。

「富くらい、受け取ればいいのに」

甘やかすようにノトが忍を抱き寄せる。

「俺の全身全霊をかけた金運をお前に与えても、お前なら操と同じ、金に目が眩んだりしないだろう？」

「そういう信用は嬉しいけど、それとこれとは話が別だ」

祖父に与えられた富は昔話の範疇かもしれないが、忍に入ってくる金は逃れようもない現実だ。相手はご近所の噂などではなく税務署かもしれなかった。

「操もお前も……。本当になあ、俺の存在意義が揺らぐ」

珍しくノトがぼやいている。富を嬉しがらず、座敷おとこ本人を愛する家主だ。座敷おとこの面目丸つぶれというところだろうか。

ふと訊きたくなって、ノトに訊ねた。

「じいちゃんと俺、どっちが好き？」

訊いてみたが、本当は答えなどどっちでもいいと思った。ノトは答えないだろうし、あるいは祖父のほうが好きだと言うかもしれない。だが、ノトは考えもせずすぐに返答した。

「比べられない。でも、操の分も一緒にお前に富を与えてやろうと思う」

変な座敷おとこの愛情だが、愛は金では買えないことを知ってしまった今なら、忍も素直に喜べる。

忍はノトの耳に囁いた。

「俺が欲しいのは、一生の富なんかよりも……――なんだけど」

金で買えないすごいものだ。でもずっと欲しくて、もう手放したくないものだった。

ノトは偉《えら》そうに笑った。

富を与えてやると言ったときよりもっと威張って忍に答える。

「わかった。それもついでに与えてやろう」

そう言って座敷おとこは忍をきつく抱きしめた。

END

■介入の余地がない■

座敷わらしの――座敷おとこの愛情の定規は富だ。

「メープルリーフ金貨ねえ……」

昔はこんなものなかったな、と思いながら、ノトはパソコンの画面の中の、ヤツデに似た葉のコインをクリックする。金貨、銀貨。延べ棒とアクセサリー。金製品は嫌いではないけれど、やはり貨幣価値の魅力には劣るだろうか、とノトは考える。目に見える宝飾品もいいが、預金通帳の数字が膨れあがってゆく魅力も捨てがたい。忍《しのぶ》にはトレーダーを始めろと言ってみたのだが、「絶・対・に・嫌・だ」と、今後一生、二度と同じ質問をさせないような強さで、一音一音区切りながら答えられた。

――お金なんて「貧乏して辛い」っていう状態より、もう少しだけ多かったら十分なの！もうちょっとあったらいいなあ、って思うくらいが最高なんだ。

それは人間の理屈だ。金銀宝石、現金、預金。あればあるほど自分の愛情が示せるのだ。座敷おとこだって、どの種類の富をつくろうと思ってつくれるわけではない。家主を愛して、家主の幸せを祈って、その結果として質のいい金品が傾《なだ》れ込んできたとき初めて、自分の愛情を確認し、自負と矜持《きょうじ》を満たし、家主に対して胸を張れる。なのに忍ときたら、富を与えても少しも喜ばないのだった。ノトの愛情の価値を認めず、真っ向から否定してくる。

忍の言いたいことはよくわかっている。無駄な金があれば余計な不幸に巻き込まれる。堕落も然り、親戚《しんせき》間の揉《も》め事も金が原因でよく発生するらしい。しかも最近は金を持っているだけで強盗に入られたり誘拐されて殺される事件もあるようだ。確かにそれはいただけない。だが、そういうならセキュリティの高い家に引っ越して、ガードマンでも雇えばいいだけの話だ。忍はノトの気持ちをナメすぎだ。もしも、忍と愛し合える自分の幸せを金品に換算するとするならば、金山や油田にしたってぜんぜん足りない。忍が嫌がるから溢れ出る気持ちを必死で押し殺していた。それなのに忍は「まだ多すぎる、いい加減にしろ」と怒るのだった。それに、別にノトが与える富を全部使い切ってしまえと言っているわけではない。ノトの気持ちと思って金品を受け取ってくれれば、それを捨てようがどこかに入れたままにしていようがかまわない。金を使って忍が贅沢をし、幸せになるに越したことはないがとりあえず黙って受け取ってくれればそれでいい。……なぜ解《わか》ってくれないのかと思いながら、拳ほどのサファイアと、帯のように太く連なったダイヤのネックレスの値段がいくらくらいするのかと、ノトが《推定金額》というボタンを押してみたときだ。

「――ノト！　ノト、いる？」

玄関ドアが開く音と同時に、忍の声がした。

「ここだ」

いるもなにも自分は座敷おとこだ。引きこもりのプロフェッショナルがそう易々と出かけるわけもない。夕飯のおでんは仕込んでおいた。部屋の暖房も、忍の帰宅に合わせてバッチりだ。

　声を辿ってリビングにやってきた忍は、息を弾ませ北風に髪を乱したままだった。最近喘《ぜん》息《そく》の調子は随分いいようだが、そんなに走って大丈夫なのか。

「よかった。ノト、あのさ、駅からの帰りに……」

　ドアのところに立っている忍は、頬を赤くしてコートの下からごそごそと音を立てた。

「焼きいも屋がいたんだ。まだ温かいからカワウソと三人で食べよう」

　そう言って、茶色い紙袋を取り出した。湿った新聞紙と焼き芋のにおいがする。さっそく嗅《か》ぎつけたカワウソがハンモックの中で、目を閉じたままふんふんと空中をにおっている。

「……確かに金額ではないな」

　自分が与える何億もの富と、しわくちゃの袋に入った香ばしい焼き芋のどちらが幸せかというと、焼き芋と答えざるを得ない。

「いや、一本七百円だったよ、信じがたいよ！　二本も買っちゃったけど、今年は特別ってことで」

　すでに通帳には億単位の金が入っていると思うのだが、と苦笑いを堪《こら》えながら、目の前で割られる黄金色の芋を眺めていると、忍が照れくさそうに笑った。

「じつを言うと、車の焼きいも屋さんの芋、初めて買ったんだ。ノトと食べようと思って」

　本当に幸せというヤツには、座敷おとこの介入の余地がない。

■あとがき■

こんにちは。玄上八絹です。

このたびは本をお手に取って下さってありがとうございました。

イラストは旭炬先生です。お忙しい中、本当にありがとうございます。旭炬先生の黒髪美人が見たくて、何とか和風の黒髪男子をと思いました。かっこつけたシーンでは正装がいいかな、と思ったのですが、座敷わらしの正装はおかっぱなのでさすがに無理でした。子どもの頃のノトも書いてみたいです。

担当様、いつもよろよろしている私を支えてくださって本当にありがとうございます。親身なご尽力に、心からの感謝を捧げます。ありがとうございます。

ここまでおつきあいくださった読者様には最大の御礼を申し上げます。

ありがとうございました。

二〇一四・秋　玄上八絹

✦初出　恋する座敷系男子………………書き下ろし
介入の余地がない………………書き下ろし

玄上八絹先生、旭炬先生へのお便り、本作品に関するご意見、ご感想などは
〒151-0051 東京都渋谷区千駄ヶ谷 4-9-7
幻冬舎コミックス　ルチル文庫「恋する座敷系男子」係まで。

幻冬舎ルチル文庫
恋する座敷系男子

2014年9月20日　第1刷発行

✦著者	玄上八絹　げんじょう やきぬ
✦発行人	伊藤嘉彦
✦発行元	株式会社 幻冬舎コミックス 〒151-0051 東京都渋谷区千駄ヶ谷 4-9-7 電話 03(5411)6431[編集]
✦発売元	株式会社 幻冬舎 〒151-0051 東京都渋谷区千駄ヶ谷 4-9-7 電話 03(5411)6222[営業] 振替 00120-8-767643
✦印刷・製本所	中央精版印刷株式会社
✦検印廃止	

ISBN978-4-344-83234-3　C0193　Printed in Japan

幻冬舎コミックスホームページ　http://www.gentosha-comics.net